誘鬼燈

森村誠一

集英社文庫

誘鬼燈　目次

誘鬼燈

踏みにじられた桃園

1

この近辺のさびれた町には珍しいスマートなアパートであった。最近流行のユニットハウスのアパート版で、近くの小川原《おがわら》湖の工業開発による土地成金が家主である。

長方形の箱を積み重ねたような、機能本位の味も素っ気もない建物だが、それがこの近辺では都会的に映るのである。軽量鉄骨の二階建て、ワンフロアに四世帯ずつ、八世帯が入居している。

屋根、外壁、間仕切り、床、天井などすべてパネル化し、窓はアルミサッシ、室内もバス、トイレット、キッチンなどのユニットがコンパクトにまとめられている。

地元の人間に言わせれば、金庫のような家だが、気密性満点のプライバシーを保障された機能的な住み心地は、隙間風の吹き抜ける採光性不十分なうす暗い土地の家とは比べものにならない。

居住者も仕事の都合で、この地方へ来た都会者ばかりらしい。窓にかけられた花模様のカーテンや洗濯物などを見ても、住人の若さと花やかさがわかるようであった。

そのアパートは、町のはずれにあってようやく開墾されはじめた原野に面していた。駅から歩いて十分、アパートと駅の間に細い農道があり、駅とこのブロックをつなぐ近道にあたるので、朝夕には通勤者がよく利用している。夜、駅から町の方角へ来る者は、町並みのはずれに暖かそうにともるこのアパートの灯を目標にして来る。ようやく暗い野原が終って、家並みのはじまる基点に建てられたアパートの灯は、ここまで辿《たど》り着いた人々をホッとさせるのである。

九月十七日の午後八時半ごろ、早くも最果ての地の秋冷を感じさせる夜、この道を南の方からとぼとぼと歩いてくる一人の男があった。よれよれのレインコートをまとい、背を寒そうに丸めている。男は暗い野原を横切って、ようやくそのアパートの前へ着いた。

「桃園荘《とうえんそう》か、ここだな」

男は、門灯に照らされたアパートの名前を確かめると、灯のついた窓を見上げた。暗い野の末から来た身に、花やかなプリントカーテン越しにうつるオレンジ色の灯は、その中でもたれているであろう家族の団欒《だんらん》を、あたかも別世界のことのように想《おも》わせた。美味《うま》そうな煮物のにおいが、男の鼻腔《びこう》を刺戟《しげき》した。

男は水《みず》っ洟《ぱな》をすると、その窓のどこかにいるにちがいない女を訪ねるために、門を入った。

2

奥山千秋《おくやまちあき》は、その中の一戸、一階の東寄り棟末の四号室に住んでいた。奥山省一《しょういち》と、一カ月前に結婚して、この新居に移り住んで来たばかりである。

これまでいた場所に比べて環境は寂しいが、それも優しい夫の愛情に包まれていると、苦にならない。むしろ、新婚生活のスタートは周囲に知人のまったくいない未知の土地のほうがうるさくなくてよかった。

土地も新しければ、住居も新しい。プレハブのユニットハウスなので木の香はしないが、畳は新しい藺草《いぐさ》のにおいがする。カーテンも、戸棚も、布団も、照明具も、その他の家具も、なにもかも新しい。

夫の友人や親戚が二人の結婚を祝して贈ってくれたものもあれば、新たに買い調えた道具もある。結婚前から取っていた頒布会のセットも、間もなく完結する。これらの諸道具も、自分たちとともに存在のスタートを切ったのだ。言わばこれらは二人の新生活に付けられた護衛《エスコート》であった。

夫が仕事から帰って来れば、また二人だけの夜が来る。町そのものが世間から切り放されたような、本土の北端のそのまた町はずれのアパートの密室で、だれにも邪魔されることなく、たがいを確かめ合える。

これこそ千秋が憧れつづけた生活であった。どんなに夜遅くなっても、夫は必ず帰って来る。帰って来ることがわかっている。たとえ社用で二、三日出張することはあっても、結局はここへ帰って来る。夫の生活の本拠は、ここにあるのだ。

それはこれまでの、男を迎え、また送り出しながら、今度はいつ来るのかとたずねる生活とはなんと大きなちがいだろう。

夫は自分の体を通過する男ではない。永遠に自分の中に留《とど》まってくれるのだ。自分が所有する男であり、自分のための男なのである。それはなんとすばらしいことだろう。

ままごとのようなチャブ台の上には、すぐにも食べられるように、夫の好物の手料理が並べられてある。今日届いたばかりの道具で丹念に焼いたケーキもある。みんな夫のために、午後の大半の時間を費してつくったものだ。

その夫がそろそろ帰って来るころである。千秋は壁の掛時計を見上げて、うすく頰を染めた。彼女にしては純情なことだが、夫が帰宅した後の行為を予測したからである。

それもまず風呂へ入り、夕食を摂《と》ってからなどというのんびりした行為ではない。彼は玄関を開けて入って来るなり、自分を需《もと》めるだろう。入浴も食事もケーキも、食後の夫婦の団欒も、とりあえず体の餓《う》えを欺《だま》した後のことだ。

おそらく自分はあらがう振りをしながら夫の需めに積極的に応じていくだろう。千秋自身がそれを待ちきれないくらいなのである。餓えるはずがないほど、昨夜たがいを貪り合った。それが一夜の眠りからさめると、自分でもあきれるくらいに、躰《からだ》が弾んでいる。起き出す前に、ついたがいの手足が触れ合い、いつの間にか愛撫《あいぶ》の体位に移行する。だが、本格的な行為を完了するためには時間が足らない。また、夫は仕事のためにエネルギーをセーブしなければならなかった。そのためにいつも行為を中途半端のところで中断して、ピリオドを打つのは夜に譲る。朝の接触が前戯となって、夕方のころには、夫婦の体内に抑えようもないほど熱っぽさが内攻してしまう。今朝はその接触が濃厚すぎた。

放散しそこなったエネルギーが、放散の時間が近づくにつれて熱く内にこもってざわめき立つのである。

今日も夕餉《ゆうげ》の材料の買い出しに出かけて、売子に「奥さん」と呼ばれた。そのなんでもない呼びかけに、千秋は、ようやく手に入れた幸せをしみじみと噛《か》みしめた。

人の妻になるなどとはおもってもみなかったことである。それが奥山にめぐり合ってプロポーズされた。最初はからかわれているとおもったくらいである。だが、奥山は真剣であった。奥山のような立派な大学を出た一流会社の技師が、どうして自分のようなあばずれにプロポーズしたのかわからない。

奥山は、過去なんか問題ではないと言ってくれた。「これからきみと築き上げる二人の将来が重要なのだ」と熱っぽく迫った言葉が、まだ耳元に残っている。

そして結婚、——忌まわしい過去のすべてに訣別《けつべつ》して、奥山に従《つ》いて、この北辺の町へ移って来たのである。

慌しい日々だったが、それは不幸から幸福へと一気に跳躍するための慌しさであった。

「奥さんか……」

千秋は、今日商店で言われた言葉を、そっと反芻《はんすう》した。それはようやく手に入れたいまの幸福を集約した言葉であった。

「なんだか夢みたい……」

彼女にはいまだに手につかんだ幸せの実感が湧かない。だが夢ではない。幸せはたしかに現実のものであった。

もう間もなく夫が帰って来る。そうすればその幸せを実証する具体的な行為が行なわれるのだ。

「私って、いやらしいわ」

火照《ほて》った頰を押えて、彼女がもう一度つぶやいたとき、ドアにノックがあった。

「あら帰ってきたようだわ」

ノックに夫独特のくせがあった。待ちくたびれていた千秋は玄関口に飛び出した。

ドアアイから外を確かめもせずに、錠とドアチェーンをはずす。夫の留守中は、必ずドアアイから外を確かめた後、ドアを開くようにと、夫からやかましく言われていたのだが、彼の帰宅を待ちわびていたときでもあり、ノックに聞きおぼえがあったものだから、まったく無防備に開いてしまった。

「お帰りな……」と言いかけて、言葉が舌の先で凍結した。彼女は、そこに過去の亡霊を見ていた。

「あ、あ、あなたは……」

驚愕《きょうがく》のあまり、その先の言葉がつづかない。

「千秋、やっと探し当てたぜ」

よれよれのコート、膝の円くなったズボン、憔悴《しょうすい》した顔に無精ひげがのびて、目ばかりが光っている。それは見るからにうらぶれた姿であった。

「ずいぶん小ぎれいに暮らしてるじゃねえか」

男は無遠慮な視線を室内へ注ぎ込んだ。千秋は、寝室に土足で踏み込まれたように感じた。そのとき男はすでにドアの隙間から中にすべり込んでいた。

「帰ってください。ここはあなたなんかの来る場所じゃないわ」

ようやく自分を取り戻した千秋は、精一杯鎧《よろい》をつけた声で言った。ここで少しでも甘い態度を見せたら、つけこまれる。相手は女の寄生虫のような人間だ。この男のために、自分のこれまでの人生はボロボロに食い荒らされたのである。

「昔の亭主が久しぶりに訪ねて来たというのに、そりゃないぜ」

男は、室内から視線を千秋の身体《からだ》に転じた。衣服の上からその裸身を撫《な》でまわしている目だった。その女を拓《ひら》いた男の優越と、その後の躰の開発ぶりをまさぐる目つきでもあった。そして過去の所有を現在に直ちに延長したがっている露骨な好色の欲望を浮かべている。

それは寝室に土足で踏み込まれる比ではなかった。汚物を身体に振りかけられたような悪寒を彼女はおぼえた。

悪寒だけではなかった。夫はいまにも帰って来る時間である。こんなところを見られたら、言い開きはきかない。夫は、この男を知らない。だが、この男と夫が鉢合わせをしたら、男はすべてを夫にべらべらしゃべってしまうにちがいない。男にはそういう卑劣なところがあった。

いくら過去は問わないという寛大な夫であっても、過去の最も汚れた部分を占める男との生活を打ち明けられたら、態度を変えるだろう。悪いことに、その最も汚れた部分は、夫に隠してあった。それを打ち明けたら、奥山に去られてしまうとおもったからである。千秋はどうしても奥山を失いたくなかった。過去を許してくれた寛大な夫であったが、過去のすべてを打ち明けて結婚したわけではなかったのである。

過去の中の最も不潔な部分が、年月を経て腐敗を強め、腐臭を撒《ま》き散らしながら突如彼女の前に姿を現わしたのだ。こうしている間にも、夫が帰って来たらとおもうだけで、身体が慄《ふる》えた。それが、男から来る悪寒を一時的にまぎらせた。

「あなたなんかを亭主にしたおぼえはないわよ。私の夫は一人だけよ。変ないいがかりはつけないでちょうだい！　さあ、早く帰って‼」

「そうは言っても、体は忘れねえってね、あんたの体のすみずみまで、おれの体がおぼえているよ。なんなら、きわどい所にあるホクロのありかや、どこをどう押せばどう泣くか、ツボを旦那に教えてやってもいいんだぜ」

「止《や》めて！　そんなことを言って脅かそうったってそうはいかないわよ、あんたの言うことなんかだれが信じるものですか。帰らないと、警察を呼ぶわよ」

千秋はここが正念場だとおもった。いま一歩でも退《ひ》いたら、たちまちつけこまれて、また暗い過去へ逆戻りしなければならない。あんな生活に戻るくらいなら、死んだほうがましだ。

「千秋、お願いだ」

男は、なにをおもったかいきなり彼女の前に土下座した。

「おれは、あんたがいないとだめなんだよ。頼む、帰ってくれ。もう前のようなことはしない。真面目に働くつもりだ。だからおれの所へ帰って来てくれ。二人で幸せになろう」

千秋の硬い態度を見て、男は泣き落としをかけてきた。

「だめよ、もうそんな手には乗らないわ。もう私たち関係ないのよ、あなたはあなたの生き方を探して。少しぐらいのお金ならあげるわ。もう私にはつきまとわないでちょうだい」

「そんな冷てえことを言うなよ。おれたち、あんなに愛し合っていたじゃねえか」

男は精々、遠い過去をまさぐるような遠くを見つめる表情をした。以前、千秋は男のそんな表情が好きだったのだ。だがいまはそんな芝居がかったしぐさが彼女に悪寒を走らせるほどに嫌われていることに気がつかない。

「止めて。あなたに欺されていただけだわ。いまはあなたの顔を見るだけで虫酸《むしず》が走るのよ」

「虫酸だって⁉」

「そうよ、吐きけがするわ。早く帰って」

「男がこれほどまでに頼んでもか」

男の声が少し変っていたが、千秋は、泣き落としが効かないので、また脅しにかかったとおもっていた。

「ふん、笑わせないでよ。あなたそれでも男だとおもってんの？　女の寄生虫のくせに。

男が泣くわよ、強いていうなら男のくずだわ」

「言わせておけば言うじゃねえか」

「このくらい言わせてもらわなければ、合わないわ。さあ自分の立場がわかったら、早く帰って。帰りの汽車賃ぐらいあげるから」

千秋は、男の前に一万円札を一枚突き出した。

「女《アマ》ァ！　人をコケにしやがって」

男の声が凶暴性を帯びた。もともと酔うと暴力を振う男だったが、いまは素面《しらふ》のようでもあったし、すぐ隣室には人もいるので、万一の場合には救いを求められるという油断が、千秋にあった。

要するに、女のカスリを食って生きているような男である。脅迫したところで大したことはできまいという男に対するみくびりもあった。

男は、手首になにか構えた。いままで隠しもっていたらしい。それを細身の柳刃包丁と知ったとき、千秋の顔から血の気が退いた。

「な、なにすんのよ」

男はいつの間にか室内へ侵《はい》り込んで来ていた。千秋の声が震えた。包丁に追い立てられるように、部屋の奥へ後退する。彼女はまだ、相手が包丁を本気で使うとはおもっていなかった。

「なによ、その真似《まね》、そんなことをしたって驚かないわよ」

千秋は、相手に弱味を見せまいとして、震えかかる声を必死にはげました。

「もう一度聞く。どうしてもおれの所へ帰らないか」

「あなたって、どこまで卑劣なの？　女を刃物でおどかして。チンピラ以下だわ」

「なんとでも言え。どうせおれはチンピラ以下だよ」

「チンピラならチンピラらしく、そんな柄にもない真似は止めて、シッポを巻いて早く帰ることね」

「おどかしとおもってるんだな」

「ふん、ゴキブリ一匹殺せないくせに……あっ」

男の目に塗りこめられた殺意が本物であることに気がついたときは、遅すぎた。

逃げようとしたはずみにチャブ台に突き当たり、夫のために心をこめて焼いたエンゼルケーキが皿から落ちて男の足元へコロコロと転がっていった。

「だれのために焼いたケーキだ⁉」

「決まってるじゃないの」

「ちくしょう、こんなものこうしてやる！」

男はケーキをめちゃくちゃに踏みつけた。

同時に、柳刃包丁は凶暴な殺意をこめて送り出されていた。

男の腕力をこめた包丁は、深々と千秋の腹を抉《えぐ》った。つづいて二撃三撃と凶器は男の手元と、千秋の無防備な体の間を往復した。

鋭い痛みは一瞬であった。熱い鉄を刺し込まれたような傷口から沸騰して流れ出るものを自分の血と悟ったときは、意識が急速に遠のいていった。水中に引きずり込まれながら見上げる水面のように、遠ざかる意識に千秋は、夫の笑顔を見た。

――あなた、やはりだめだったわ――言ったつもりが声にならず、訣別の言葉はつづかなかった。

3

奥山省一が自宅の青森県上北郡野辺地町《のへじまち》のアパート『桃園荘』一階四号室で切先の尖《とが》った刃物で胸や腹を刺されて虫の息になっている妻を発見したのは、九月十七日午後十時二十分ごろである。

奥山は、「むつ小川原湖工業開発」計画のために東京の大原《おおはら》建設から派遣されてきている技術者である。その日、東京から上司が視察に来たために、いつもより二時間ほど遅く帰宅して、この惨劇を発見した。

ノックをし、ブザーを押しても、灯の点《つ》いている屋内に妻の気配はなくドアが開かないのに首を傾《かし》げながらノブを回すと、錠がかかっていない。無用心なことだとおもいなが中へ入ると、室内は血の海であった。その中央に花模様のワンピースを着た妻が手折《たお》られた花のようにくずおれていた。足元に無惨に踏みにじられたケーキが、惨劇の視覚効果を強めている。

仰天して抱き上げると、まだ虫の息がある。だれにやられたと聞いても、すでに意識は混濁して答えられない。ともかく救急車を呼んだが、出血多量で病院へ着く前に死んでしまった。

救急隊を経由した連絡によって警察が出張って来た。現場のアパート桃園荘は、一年前にできたもので、居住者は、全員「むつ小川原湖工業開発」関係者である。

野辺地町は、野辺地湾にのぞむ下北半島基部にある人口一万七千ほどの小さな町である。南部藩《なんぶはん》の港として栄えたが、青森の開港によってまったくさびれた。東北本線と大湊《おおみなと》線の分岐点として、下北半島への玄関口となっているが、夏やって来る観光客はほとんど素通りしてしまう。

県内でも最も気候が悪く、夏季は異常低温が現われやすく、冬は多雪のどこもいいところはないような、さびしい町である。桃園荘は、南よりの町はずれにあった。東北本線が近くを走り、国道4号線も近い。

現場は六畳、四畳半、ダイニングキッチンで構成されるいわゆる2DKであるが、発見者の奥山の言葉によると、死者は玄関に近い四畳半にあおむけに倒れていた。傷は胸部に一カ所、腹部に三カ所、両手指内側に、防禦創《ぼうぎょそう》といわれる凶器を手で防いで形成されたと見られる刺切創があった。この創の存在は、他の部位の創傷が他為であることをしめす重要な根拠になる。

胸と腹の傷は、いずれも内臓に達する深刻なものであった。創傷の状況から見て他為であることは明白だった。さらに〝犯罪死〟を裏づける重大な根拠として、凶器が消失していた。現場および周辺をいくら綿密に検索しても、被害者の傷に符合する凶器が発見されない。犯人が凶行後持ち去ったと見られた。

現場にはまったく物色痕跡がなく、被害者の服装も乱れていない。死体に乱暴された痕跡は認められなかった。

鑑識の第一所見では、犯行推定時間は午後八時から九時の間、死因は、腹部刺創による失血とされた。死体はこれから司法解剖に付されてさらに綿密に検《しら》べられる。

犯行推定時間からみて、まだ同じアパートの住人の起きている時間であったが、居住者に犯人の姿を見た者はいなかった。

桃園荘のすべての住人に聞き込みがなされたが、悲鳴や異常な気配を聞いた者はなかった。被害者のすぐ隣室にあたる三号室の主婦が、八時ごろ四号室に人声を聞いたような気がしたが、それもテレビをかけていたので、はっきりしないということであった。

桃園荘の居住者は、いずれも小川原湖の開発関係者で、東京から来た人間である。同じアパートに住んでいても、所属する会社はべつで、相互に親しいつき合いもしていない。

出張期間中の仮の居所にすぎず、目が合えば精々目礼を交わす程度の間柄だったという。問題の四号室も、奥山省一の会社が、〝社宅〟として家主から借りうけたものであった。

地元署の捜査員たちは、この北辺の町まで大都会の無関心が浸透してきたことに驚いた。

もっとも地元でも小川原湖開発に伴って簇生《そうせい》した補償成金が家の新築競争を展開して世間の顰蹙《ひんしゅく》をかっているのであるから、桃園荘の無関心をあまり責められない。

ともあれ犯人は、被害者と面識のある人間で、室内に招じ入れられて話し合っている間に凶器を取り出して襲ったという見方が取られた。だが現場からは、犯人を推定またば特定する手がかりや遺留品は発見されなかった。解剖の結果は、鑑識の第一所見を裏づけたにとどまった。

ここに、殺人事件と認定され、捜査本部が野辺地署に開設されて、本格的な捜査がはじめられたのである。

4

捜査の常道として、まず、被害者の夫であり、事件の発見者の奥山省一に質問の集中砲火が浴びせられた。事件の発見者が捜査本部にあたえられた第一の容疑者であり、事実、犯人が発見者を装ってなに食わぬ顔で通報してきたケースは、少なくない。

だが、奥山には、推定犯行時間に、会社の上司とともに開発事務所にいたというはっきりしたアリバイがあったうえに、結婚一カ月の新妻を殺さなければならないいかなる理由もなかった。

被害者の傷の状況から見て、犯人はかなりの返り血を浴びているものと推測されたが、奥山の身体には、妻を抱き上げたときに付着したらしい血がわずかに袖口に認められただけであった。もちろん凶器も所持していない。

奥山は速やかに圏外に去った。

捜査員の一人が、現場に踏みにじられていたケーキに興味をもった。

「これは奥さんの手づくりのようですね」

彼は奥山にたずねた。

「はい。家内は洋菓子づくりが得意で、洋菓子道具のセットを揃《そろ》えて、いろいろなケーキをつくってくれました。もうあのケーキも食べられなくなりました」

奥山が目をしばたたかせた。

「このケーキは、うっかり踏みつけたものではない、故意に踏みにじったという状況です。しかも降りかかっている奥さんの血痕が、飛んだときの原形を留めているところを見ると、犯行前に踏みつけています。まるで犯人がケーキに怨《うら》みでもあったようですね」

「さあ、そう言われても、私にはわかりません。ただ私は、犯人が憎い。私のために妻が丹精こめて焼いたにちがいない菓子を踏みにじり、妻を虫でも殺すように殺した犯人が憎くてたまらない。刑事さん、どうか犯人をつかまえてください」

奥山は、踏みにじられたケーキによって、犯人に対する怒りと憎しみを新たにかき立てられたようであった。

「その犯人を挙げるために、我々も一生懸命にやっているのです。このケーキを見ても、犯人は靴を脱いで上がっている。つまり、犯人は奥さんの知り合いであったと考えられます。隣家では、話し声を聞いています。面識者の犯行の線が強いのですが、あなたには、奥さんに怨みを含んでいたような人間の心当たりはありませんか?」

と捜査員は奥山に訊《き》いたが、奥山におもい当たる人間はいなかった。

奥山省一と妻の千秋は、三カ月前、長野県松本《まつもと》市郊外の浅間《あさま》温泉で知り合った。社用で同市に出張して来た奥山を、業者が一夜、浅間温泉に招いたのであった。その席に仲居として侍《はべ》ったのが千秋であった。二人は最初の出会いで意気投合した。業者が気をきかして、その夜千秋を奥山の部屋にそっと送り込んでくれた。一夜明けると、彼らは別れられなくなっていた。

　そして、知り合って二ヵ月めには結婚して、小川原湖に長期出張を命じられた奥山に従いて野辺地へ来たのである。

　千秋には係累がほとんどない。中学を卒《お》えると九州の南の方の郷里から大阪方面へ集団就職で出て来てから、奥山と結婚するまで転々と流れる生活をしていたらしい。貧しい漁夫だった郷里の両親はとうに死に、姉が一人、宮崎の方に嫁いでいるそうだが、ここ数年音信不通になっていた。

　身内だけを呼んだ奥山とのささやかな結婚式にも、千秋の側から一人も出席しなかったので、奥山が自分の友人を彼女側の来賓《さくら》に仕立てたほどである。

　彼女は、あまり過去を話したがらなかった。奥山からプロポーズされたときも、自分のような女には、資格がないと、何度も断わったそうだ。温泉旅館の仲居をしていたくらいだから、あまりしあわせな人生航路を歩いて来たとはおもえない。奥山も、結婚前の妻の履歴をほとんど知らない。

　警察では、犯人が被害者の結婚前の過去から来たとにらんだ。野辺地に来てからまだ一ヵ月、地元の人間ともほとんど交際がない。そこには殺人の動機を醸成する時間も土壌もなかった。そして結婚前の過去とは、「浅間温泉以前」である。とりあえずの的《ターゲット》は、奥山夫妻が知り合った浅間温泉であった。

並行して周辺の聞き込みと検索が進められ、同夜九時十五分ごろ、現場近くの農道を国道4号線の方角に向かって足早に歩いて行く男を見たという目撃者が現われた。

その目撃者は、桃園荘の近くに住んでいるサラリーマンで、その夜は残業で少し遅くなり、勤め先のある青森市から野辺地着二十一時十一分の一戸《いちのへ》行鈍行で帰って来た。駅から近道の農道を伝って行くと、桃園荘の方角から来たその男とすれちがったというものである。

「とにかく暗い所だったし、すれちがっただけですから、人相も特徴もよくわかりません。そう、背格好は普通で、レインコートを羽織っていたようです」

目撃者は、そのサラリーマン一人だけだった。

二人がすれちがった農道は、桃園荘の位置しているブロックと、駅を結ぶ最短のコースである。駅を横に見送り、踏切りを渡って直進すると、鉄道と並行して国道4号線が南北に走っている。

その男が逃げた方角に駅がある。だが、犯人かもしれないレインコートを着た男が上り列車から下りて来たサラリーマンと農道ですれちがったのであるから、その列車に乗ることはできない。

目撃者の乗って来た二十一時十一分以降の上り列車には、二十二時十二分上野行急行十和田《とわだ》3号がある。それ以後は零時四十分の急行八甲田《はっこうだ》と、五時四十五分の十和田51号となる。一方下り列車は、二十一時四十分の鈍行青森行が最後で、朝まで便はなくなる。野辺地駅に聞き込みをして、当夜上り列車への〝乗り〟はなく、下り列車の乗客は、いずれも駅員と顔なじみの土地の人間が四人だけだったことがわかった。

しかもその四人は、サラリーマンが農道でレインコートを着た男とすれちがった二十一時十五分ころは、いずれも駅の待合室に来ていて雑談をしていたことをたがいに証明し合った。

出改札をした駅員にもレインコートを着ていた乗客の記憶はなかった。レインコートは脱ぐか捨てるかできる。犯行後、夜陰に身を隠して、朝を待ち、乗客の数が増えてから列車にもぐり込んで逃走を図ったという手も考えられたが、翌朝にはすでに警察の網が駅にも張られていたのである。

大都会とちがって、このあたりではまだよその土地から来た人間は目立つ。被害者の傷の状況を見ても、犯人の動揺がうかがわれる。狙いすました冷静な一撃ではない。閉鎖的な土地柄だけに、犯人の犯行後の異常な態度が、刑事の目に引っかからないはずはない。

徹宵《てつしょう》の地取り捜査と並行して、現場を中心に綿密な検索の輪が広げられていった。そして翌日午前十時ごろ重大なものが発見されたのである。

農道から国道の方角に向かって検索して行った捜査員の一人は、農道に沿って走る水路が潜《くぐ》り抜けて来る土管の一つに視線を固定した。水の量が入口と出口でちがうような気がしたのである。この付近はすでに一度検索の目を通った所だった。

農道といっても、周辺は原野だったものを最近育成された冷害に強い稲作が行なわれるようになった土地である。したがって、この道は本来の農事よりも、住人の近道に利用されることが多い。

刑事は、土管の両端を見比べた。たしかに水の入りと出がちがう。入口の方にはかなりの水が澱《よど》んでいるのに対して、出口はちょろちょろとしか出て来ていない。ということは、土管の中に何かが詰まっている証拠である。針生《はりゅう》という地元の年輩の刑事は、かたわらに落ちていた棒切れを拾って、土管の中を突《つつ》いた。案《あん》の定《じょう》なにか詰まっているとみえて、軟質の抵抗が手に伝わってくる。

「どうかしましたか?」

県警から来た対島《つしま》という若手の刑事が、針生のなにか嗅ぎつけた様子をいち早く悟って近寄って来た。

「土管の中に、なにか詰まっているよんたな」

「土管に? ドロンコではないでしょうか?」

急速に興味を失いかけた対島に、

「いや、泥ではねえな、布《ボド》のよんたな」

「布《ボド》？」

針生の棒に突かれて、泥まみれになった布の塊りが土管から押し出された。

「服のようですな」

「いやコートだな、レインコートらしてば」

目撃者がレインコートを着ていた男とすれちがったという言葉が、居合わせた捜査員の頭の中で閃光《せんこう》を発するようによみがえった。重大な発見に、一同は気負い立った。泥まみれになったコートだが、一見して血痕のようなどすぐろいしみ痕がわかる。

針生刑事の発見物は直ちに保存されて、鑑識の厳重な検査にかけられた。その結果、発見物は、ギャバジンに防水加工を施したトレンチコートで、かなり使い古されていた。コートに付着していた赤黒いしみは、人血で被害者の血液型と一致した。

それは犯人が着用していたコートであることが確定したのである。

コートは、最も出まわっている安物の既製品で、メーカーや販売店からたぐりようがなかった。ポケットその他にも、犯人の手がかりになるようなものは、いっさい残されていない。

犯人は、このコートを着たまま犯行に及んで返り血を遮り、犯行後、コートを捨てたらしい。

コートが発見された付近に、凶器もいっしょに捨てられた可能性が強い。改めて水流の土管を中心に、その周辺が徹底的に検索された。

しかし、捜査員を総動員しての検索にもかかわらず、凶器は発見されなかった。犯人の足跡は、トレンチコートを最後にプッツリと跡切《とぎ》れてしまったのである。残るかすかな線は、被害者の過去を溯行《そこう》する基点ともいうべき浅間温泉であった。

峠の凶賊

1

九月十七日午後八時半ごろ、札幌市北区北二十一条西二丁目三十×番地の大道《だいどう》陸運株式会社の事務所に電話が入ってきた。電話に応答したのは、当夜事務所の宿直の中西儀《なかにしぎ》平《へい》である。

「ああ、ヌマさんか、いまどこの、え、青森だって？」

電話の相手は、同社の運転手沼沢《ぬまざわ》太助《たすけ》であった。

「途中、船が遅れてのう。いま青森だ。これから群馬へ向かうよ」

「おう、今度は独りの長丁場で大変だろうが、気をつけて行ってくれや」

「なに、群馬なんざあ、ほんの一っ走りよ。おれは牛トラのたあやんだからな」

沼沢太助は電話口で豪快に笑って電話を切った。中西はいつもながら気っ風のいい男だとおもいながら対話者を失った送受器を置いた。

沼沢太助は、大道陸運の古株運転手である。大道陸運は牛を専門に輸送する運送会社である。牛、馬、豚を主体とする家畜の運送は、荷が、生き物であるだけに、普通荷のようなわけにはいかない。

輸送距離が長い場合は、途中で餌や水の補給をしてやらなければならないし、車も、動物の保健のために特別の構造にしなければならない。

動物はどこであろうとおかまいなしに排泄《はいせつ》をし、悪臭をたれ流す。これらを最小限に抑えるべく防止措置も講じる。と同時に、輸送中の家畜たちの環境を可能なかぎり快適にするように工夫してやらなければならない。

輸送中、死なせたり、あるいは病気にでもすると、それがそのまま損失になるだけでなく、役所がうるさいことを言ってくる。万一伝染病を疑われたりすると、家畜防疫員が押っ取り刀で駆けつけて来て、患畜《かんちく》だけでなく、いっしょに輸送して来たすべての家畜が疑似患畜として隔離あるいは殺処分命令をうける。

その後がまた大変である。疑似患畜を輸送した車の消毒、運転手の精密検査、蔓延《まんえん》防止のための広範囲消毒で、商売などできなくなってしまう。

よく満員電車や通勤列車の混雑を「家畜並みに積み込む」などと譬《たと》えるが、家畜はどうして人間以上に神経を使って輸送されているのである。

沼沢太助は、「牛トラのたあやん」の異名があるほどの、ベテランの牛トラック運転手だった。すでに北海道内と関東中部関西方面へと牛を積んで百回近く通っている。

九月十六日午前九時、この沼沢が札幌市にある家畜業者、菅野《すがの》畜産の依頼で、道内常《とこ》呂《ろ》郡訓子府《くんねっぷ》町駒里《ちようこまさと》、日ノ出両農協からホルスタイン種乳用成牛十五頭を、大道陸運のニッサンUD十一・二五トン家畜輸送車に積み込んで、群馬県高崎《たかさき》市にある群馬県経済連合会および、同県沼田《ぬまた》市の沼田農協に向かって出発した。いつもは二人一組で出かけるのだが、沼沢と長いことコンビを組んでいる助手の三橋新吉《みはししんきち》が出発直前に急性盲腸炎を発症して手術をうけることになった。

代りの助手はすぐに手当てできないし、だれでもいいというものではない。特に長距離便の場合は、イキの合ったコンビでないと、事故のもとになる。

「なに群馬なんざあ、独りで十分だよ」

という沼沢に、無理に新たな相棒を押しつけるのもどうかと考えて、結局、一人で行かせることにしたのである。

その〝沼沢車〟から、台風の余波で青函《せいかん》連絡船が遅れて、いま青森に着いたという連絡がきた。輸送時間が長引けば、それだけ荷の疲労も大きくなる。運転者の疲労よりも、まず家畜のそれを考えた宿直も、牛トラ会社の従業員の意識であった。だがこれが、沼沢の声を聞いた最後になった。

峠にかかるころから霧が出てきた。強いライトの光芒《こうぼう》も数メートルしか効果のない濃いべったりとからみつくような霧だった。国道は鉄道をからむようにして走る。その間の最も高度のきわまった地点が峠である。モミとヒバの植林が峠の植物の主体で林相は深くないが、深夜の国道は車の通行がまったく絶えている。

峠の手前にドライブ・インがあったが、沼沢は立ち寄らずに一気に峠にさしかかった。この峠を越えれば、盛岡も近い。昼になると4号線の渋滞は激しい。排気ガスも多くて、牛を疲れさせる。夜のうちが牛トラの稼ぎ時なのである。

標高四百五十八メートルの低い峠だが、ここが分水嶺《ぶんすいれい》になっている。霧が山の様子を深山めいた様相に仕立てていた。峠の頂上は切り通しで、車が切り返せる程度の広場があった。

峠地点を越えようとしたとき、後方から小型トラックがクラクションを鳴らしながら、並行した。何事かと窓から覗《のぞ》くと、

「後輪がパンクしているようですよ」

と小型トラックから声をかけてきた。沼沢は礼を言ってブレーキペダルに足をかけた。ハンドルに手応えがなかったのをいぶかりながら車を停《と》めて、運転台から下りようとすると、軽い抵抗が身体にかかった。なにかが体を引っ張っている。抵抗を押して身体を動かすと、何か糸の切れたような気配がして、カタンと床に軽い音がした。音の方へ

目を向けて、沼沢は「何だ、これか」と笑った。

息子の太一《たいち》がお守りにとくれた八幡馬《やわたうま》の馬玩だった。後部の窓枠にひもでぶら下げていたのが、体のどこかに引っかかって、動いたはずみにひもが切れたらしい。

手をのばして拾い上げようとしたが、わずかなところで届かない。どうせすぐに戻るのだからと、そのままにして車の外へ下り立った。少し前方にパンクを教えてくれた小型トラックが停まっていた。そこから二人の人影が下りて来た。霧の音が聞こえるほどの静寂が耳を圧迫する。

「ひどい霧ですねえ、これじゃ指の先もよく見えない、手伝いましょう」

彼らの一人が話しかけてきた。その影を包むように霧がサヤサヤと流れている。霧の中に輪郭がかすんで、人相を読み取れない。カストロ帽に作業衣を着ている。若い男らしい。

「いや大したことはないだろう。有難う」

沼沢は彼らの親切を謝して、車輪を覗き込んだ。右側は異状がない。反対側へ回り込んでシャーシーの下を覗き込んだ。身を屈《かが》めたとき、背後に気配が起きた。振り向こうとするより一瞬早く、強い打撃を後頭部にうけた。

「何をする……」

と詰《なじ》った言葉は、つづいて振り下ろされた凶暴な追い打ちに消された。沼沢はたちまち、頭や鼻や口から血を噴き出して、霧に濡《ぬ》れた地上へ倒れた。霧が酸鼻な凶行を数メートルの視界の中に閉じこめていた。

四国から中国地方を横断して日本海を北東に進んだ台風は、北海道へ再上陸をおもわせてひやひやさせたが、結局、沿海州へ去り、今日はその余波も完全に消えたまさに台風一過の好天となった。

ここ宮城県気仙沼《けせんぬま》湾には湾口に天然の防波堤となって横たわる大島のおかげで、青い水面が油のようにトロリと澱んでいた。湾口中央を塞いだ大島によって東湾と西湾に分けられて三本足の鼎《かなえ》のようになった湾形から、『鼎ヶ浦』とも呼ばれている。奥行十一キロ、湾口一・八キロ、三陸漁業の根拠地である。湾岸ではノリ、カキ、アワビの養殖が盛んである。湾内は、航路筋を残してノリ篊《ひび》やカキ筏《いかだ》が至る所に設けられている。また陸中海岸国立公園南部の中心地ともなっていて、湾口および周辺に観光要素がちりばめられている。

五光《ごこう》石油会社気仙沼営業所の中林辰夫《なかばやしたつお》は、気仙沼湾内を社の油槽船、第一信和丸で回航していた。残っているというほどではないが、昨夜行きつけの酒場で飲んだ酒気が、かすかに息に残っているような気がする。

かねてより気があってモーションをかけていたホステスのなおみが、昨夜はどうしたわけか彼のそばに付きっきりでサービスしてくれた。最後の所までは行き損なったが、あの様子ではもう一押しか二押しでどうにかなりそうな塩梅《あんばい》である。

――ようし、今夜こそ――

と若い中林は、やや寝不足の目でまぶしい光を砕く青い水面に、昨夜の女のおもかげを描いた。想像の中でそのふくよかで美味そうな肢体を剝いでいる。

気仙沼の　サァヨーオいか釣船は
いかを釣らずに
あれはえーええとそりゃ
　女郎釣る

なおみの幻影を視姦《しかん》しながら、中林は大漁節の一節をうなった。のど自慢でかねを三つ鳴らした実績のある彼の大漁節は、波静かな湾内の水面を朗々と滑っていった。

その唄声が一節だけで凍りついた。彼の瞼《まぶた》に描かれた女の裸身が、水面に漂う異形の物体とオーバーラップしたからである。

おや？　と目を凝らした先に、映画で二重の映像が入れ替るように、女の裸身が消えて、新たに出現した異形物体が輪郭を濃くした。それはいま実体となって、水面に漂っている。

女体とオーバーラップしたその物体は、人間の形をしていたが、中林の幻の女体と正反対のまがまがしく醜怪な形相をしていた。

「まさか!」

そむけようとした目を離すことができずに中林はうめいた。とにかく船を近づけてみた。それはまぎれもなく人間の死体だった。

仰天しながらも、中林はその漂流死体をロープで結んで曳航《えいこう》することにした。放置しておけば潮に乗って外海へ運ばれてしまうかもしれない。

気味悪さに耐えて取った彼のこの処置は、後で警察から感謝された。ともあれ漂流死体を湾内にある五光石油前の岸壁に曳《ひ》いて来て、気仙沼署に急報した。

2

九月十八日午前三時半ごろ岩手県紫波町《しわちよう》陣ケ岡《じんがおか》に住む家畜商小室喜八郎《こむろきはちろう》は、同町の同業者、安田圭造《やすだけいぞう》の時ならぬ電話に叩《たた》き起こされた。いわゆる「草木も眠る丑三《うしみつ》どき」といわれる深更の快い眠りを破られた小室は、「いったいこんな半端な時間に何の用だ?」と寝起きの不機嫌を内攻させたまま、妻から取り次がれた電話口に出た。

「いい牛《ベコ》がいるども、買わねか」

安田はのっけから言ってきた。

「ベコだど？」

「ホルスタイン十五頭で二百五十万だどよ、おら一人じゃ金が足らねので、あんたにも儲《もう》けさせてやるべとおもって声をかけだんだ」

小室の眠けが少しさめた。ホルスタイン十五頭で二百五十万なら、掘り出し物である。ただし、健康牛であっての話だ。

「病気もちじゃねぇべな？」

「とにかく見さ来ねぇかや。売り急いでいるらしいで。これから車で迎えさ行ぐよ」

安田の余裕のない口調に、ふといやな予感が走ったが、これだけの美味い話は、めったにない。

「おい、いま家《え》さあるだけの金を出してけろ」

彼は妻に命じて身支度をはじめた。かき集めれば二百万ぐらいはあるかもしれない。

「こんた早ぐに出がけるのすか？」

妻が心配そうにたずねた。

間もなく安田が自分のクーペを操ってやって来た。

「物《ブツ》はどこさあるのや？」

「ひとまず奈良新田《ならすんでん》の厩舎《きゆうしや》さ入れてある」

「売人《ばいにん》はだれだべ？」

「まあとにかく会ってけろや」

安田の口調の歯切れ悪いのが気になったが、もう乗りかかった船である。

間もなく奈良新田の厩舎に着いた。ここは家畜の取引きのために設けられたもので、売買契約が成立して、家畜が買主に引き取られるまで仮の置き場として利用される。各家畜仲買人は、この厩舎にそれぞれのブース（仮小屋）をもっている。厩舎だから、馬が主体であるが、牛や時には豚も置かれる。

厩舎に着くと、カストロ帽に作業衣を着た運送屋風態《ふうてい》の若い男が二人待っていた。東の方にまだ暁の気配も見えない。霧が深い。

「買手ば連れて来たぜ」

安田が二人に声をかける。

「まだ買うとは決めでねぇさ」

小室は訂正した。光が乏しいうえに、二人が陰の方にばかり顔を向けるようにしているので、人相がはっきり読み取れない。

安田のブースにはたしかに十五頭のホルスタインがいた。いずれも栄養が行き届いた健康な牛であった。これで二百五十万は、たしかに掘り出し物である。投げても二倍には売れる。だが値段の安すぎるのがどうも気になる。

「どうだ、優《い》い物《ブッ》だべ」

　安田が、小室の顔を覗き込んだ。

「この牛《ベコ》ヤバぐねぇべな」

　小室は、二人の若い男の方をうかがいながら、小声で言った。

「そんたなこどはねぇ。おらも半分引き受けるつもりだ。ヤベェば買わねぇさ」

　と安田は言ったものの、彼はどんな牛でも引き受けるというので、仲間内の評判のよくない男であった。

「あの二人はどっから来たのや？」

　小室は、暗闇の中にうっそりとたたずんでいるカストロ帽の二人を顎で指した。明るい方に絶対に面《おもて》を向けないし、言葉もできるだけ節約しているようである。

「北海道から来たそうだ。自分の牛ではねくて、持ぢ主から買手を探してけろと頼まれたど言ってる」

「あんたの知り合いじゃねのか？」

「以前に何回か買ったこどがあるんだ。べつにヤベェ物《ブッ》じゃねがった」

「どうも気が進まねぇな。今回はせっかぐだが止めとぐべ」

「こんたな優《い》い物《ブッ》を見送るのがよ」

「あんたが半分だけ引き受けだらどうなんだ」

ぐねぇ」

「十五頭まとめてでねば売らねって言うんだ」

「とにかくおらはおりるよ。どうもいやな感じがする。あとで面倒に引きずりこまれた

小室はしきりに引き止める安田を振りはらうようにして帰って来た。そのとき、牛の危《ヤバ》さよりも、二人のカストロ帽から射かけられて来る殺気のようなものに追い立てられたのである。

彼らに背を向けて逃げ出しかけた小室の目に、厩舎のかげに隠すように停めてある一台の大型トラックが見えた。遠方から来るうす明かりによって、その横腹に『大道陸運』という文字が読めた。ナンバープレートまで確かめる気持ちの余裕はなかった。

3

九月十八日午前九時半ごろ、五光石油気仙沼営業所の社員から水死体発見の急報をうけた気仙沼署では、出勤して来たばかりの署員が総出で五光石油前岸壁へ駆けつけた。三陸漁業の基地として、また北洋サケマス漁の根拠地として、各種漁船や大型船でにぎわう港だけに、漁夫や船員のけんか沙汰は多いが、湾に死体が漂流していたのは初めてである。まだ他殺と確定したわけではないが、居合わせた署長はじめ、署員一同が押っ取り刀で駆けつけたのも、無理はなかった。

早速、死体を観察すると、一見、四十歳前後の筋肉質、肉体労働者らしく、顔がよく日焼けしている。死体は新鮮で、腐敗や魚類や水中微生物による損傷もほとんどない。ねずみ色の作業衣上下を着け、右足にのみ茶色の豚皮の短靴を履いている。左足の靴は、水中を漂流中に脱げてしまったのかもしれない。

上衣《うわぎ》とズボンのポケットからは三百円ほどのバラ銭、水にほとんど溶けた吸いかけのハイライトの箱、ライター、タオルハンカチ、一枚の名刺などが出てきた。

名刺には、辛うじて「札幌市北区北二十一条西二丁目大道陸運株式会社　沼沢太助」の文字が読めた。直ちに同社に照会が行なわれる一方、死体の綿密な観察がつづけられる。

死体の外部所見としては、——

左側頭部に長さ三センチの挫創もしくは切創、右後頭部に長さ四センチの挫滅創、左耳下に長さ一センチの挫創があり、右顔面前部に表皮剝脱、特に右後頭部の創は、頭蓋骨に達する深刻なもので、頭蓋内実質にも影響しているものとおもわれた。

硬直は各関節部に著しいが、死斑は不鮮明である。水中に在った時間は短いらしく、水中生物による損傷をほとんどうけていない。指先が白くなり、多少皺《しわ》ひだのできかかっているところが、死体が水中に在ったことを物語る程度である。

創傷には、いずれも生活反応が見られるところから、殺害された後、死体を水中に放り込まれた状況であった。創傷の縁に沿って見られる細幅の表皮剝脱から、凶器は鈍体と推定された。

水死体は、単純な検屍《けんし》ですませやすいのだが、これだけ明瞭な他為の痕跡があると、当然、厳密な司法解剖に委ねられる。死体は直ちに東北大学法医学教室において、同大水島《みずしま》教授の執刀によって解剖された。その結果死亡推定時間は、九月十八日午前一時から二時の間、死因は頭部打撲による頭蓋内損傷、凶器は、棍棒《こんぼう》、鉄材、鉈《なた》の背のような鈍体、肺臓および肺気管支に溺水を証明できず、殺害された後、水中に投じられた模様、水中に在った時間は精々一、二時間とされた。なお胃の内容物から食後二時間と見られるカレーライスおよびコーヒーが認められた。

一方、札幌市の大道陸運に照会した結果、死者の特徴が名刺の主と符合した。家族にも連絡が取られて、遺体の確認に来ることになった。ここに「気仙沼港内における殺人死体遺棄事件」として、気仙沼署に捜査本部が置かれたのである。

当面の捜査方針として、

①被害者が運転していた家畜輸送車の発見
②被害者の業務内容の確認とこれに基づく捜査
③現場付近の漁港の地取り捜査
④湾内停泊中の船舶の把握とその聞き込み捜査
⑤交通業者（タクシー、モーテル、ドライブ・イン、給油所）等の聞き込み捜査

⑥地元前歴者、素行不良者、暴力団関係の捜査
⑦動機捜査

等が決定された。この中で最も重視されたのが、被害者が一昨日、北海道常呂郡訓子府町から群馬県高崎市に向かって運転して出たまま行方不明になっている①のニッサンUD十一・二五トン家畜輸送車（札一一あ三九―二×）の発見であった。車に時価六百万円相当のホルスタイン種成牛十五頭を積んでいたところから、殺害の動機は、この牛にあると見られた。とすると、犯人は犯行後車もろとも牛を奪って、どこかでそれを金に換えた疑いがある。⑦の動機に関連して、宮城、岩手両県下の家畜商が当たられることになった。

被害者は、九月十六日午前九時に駒里農協を出発して、翌日午後八時三十分ごろ青森から「これから群馬に向かう」という電話を札幌市の大道陸運の事務所にかけてきた。そしてこれが被害者からの最後の消息になったのである。

被害者は、九月十七日午後八時三十分以降青森を出た後、死亡推定時刻の下限の十八日午前二時までの間に青森―気仙沼の間のどこかで殺害されたものと推定された。

青森からの被害者の予定走行ルートは、国道4号線を南下することになっていた。青森から途中、休まずに平均時速五十キロ程度を維持すれば、死亡推定時間の下限午前二時ごろには、北上《きたかみ》市付近に達する。

死体が気仙沼湾に浮いていたことから考えても、犯行後、今度は犯人が車を操って、国道107号線を東に向かった疑いが強い。もし被害者が生きていれば、国道4号線から逸《そ》れるはずがないのである。

したがって犯行場所は北上市付近、それも、同市以北の4号線の沿線、そして牛を積んだトラックは107号線のどこかに放置されたと見られた。

ここに当該車（札一一あ三九―二×）は、殺人事件に関係する重要車両として東北管区警察局刑事課から、岩手県警を経て同県下いっせいに手配が流されたのである。

4

市村洋一《いちむらよういち》は、このあたりならだれにも邪魔されないだろうとおもった。周辺はナラ、ブナを主体とした密度の濃い雑木林である。国道もこのあたりへ来ると、車の交通はほとんどない。市村は国道からはずれて、林の中へ車を乗り入れた。秋谷則子《あきやのりこ》も、少し表情を硬くしているようだが、助手席におとなしくしている。市村の意図を見抜いている様子であった。見抜いているというより、二人の間に暗黙の了解が成立している。

林の奥の入れる所まで車を入れて、イグニッションスイッチを切ると、鼓膜を圧迫されるような静寂が落ちた。鳥の声も絶え、遠方から水音がかすかに聞こえてくる。二人は束《つか》の間《ま》その静寂に圧倒されたように茫然《ぼうぜん》としていた。

「則ちゃん……」

市村が、静寂の重苦しさから逃れるために口を開いた。その声がかすれている。

「なあに」

うけた声もうわずっている。言葉はこの際不要だが、なにかを言わなければならなかった。

「きみのこと……好きなんだ」

「…………」

「きみが欲しいんだよ」

「…………」

「キスしていいか」

「困るわ」

「だめか」

「そんなこと答えられないわよ」

「じゃあいいんだね」

「ばか」

初心《うぶ》な市村もここまで言われて、ようやく行動に移った。女の体を引き寄せると、形ばかりの抵抗の後、彼の胸の中に倒れ込んできた。柔らかく熱い身体、唇は甘い果実である。夢にまで見た恋しい女体を、彼はいま実体として抱きしめている。ただ抱いているだけではない。彼女も応えてくれている。

一つのステップを許容された男は、すぐ次のステップへ昇りたがる。異性経験の浅い市村は、本や耳でおぼえた知識と、想像で脹《ふく》らませた性の構図をいまこそ実践しようとして、がむしゃらに則子を剝ごうとした。

「待って、それは待ってよ……」

則子はあえいだ。

「どうして？　おれのこと好きなんだろう」

「だって……」

「だったら、いいじゃないか」

「結婚してくれる？」

「するよ、するとも」

そんな場合少しも保証にならない男の言葉に安心して、やや力を抜きかけたとき、車の窓に迫った影があった。男と女の攻防に夢中になった二人はその影に気がつかない。林の中は本来の木《こ》の下闇《したやみ》に夕闇が加わって、かなり暗くなっている。影はその闇の中からおどろおどろと湧いてきたようである。

女が抵抗を棄《す》て、男が本格的な蹂躙《じゅうりん》の姿勢を取ろうとしたとき、影がウィンドウをコツコツと叩いた。相手しか見ていなかった二人も、今度は気がついた。窓の外にもののけのように迫った巨大な影があった。女が殺されるような悲鳴をあげた。

　頭に角を生やし、赤い舌を出した、それはまさにもののけそのものであった。森の奥深く住む妖怪が、自分の領域《テリトリー》に侵り込んでいちゃついている男女に怒りを剝《む》き出して襲いかかって来たようであった。もともとこの地方は「遠野《とおの》物語」にあるように、天狗《てんぐ》、山男、河童《かっぱ》、雪女などの妖怪伝説が多い土地がらである。

　市村は悲鳴こそあげなかったが、慌てて車のエンジンをかけた。突然うなりはじめたエンジンに、今度は妖怪のほうが驚いたらしい。

　もーっと大きく悲鳴をあげた。二人はようやく妖怪の正体を知った。

「なんだ、牛《ベコ》じゃねぇか」

「でも、牛がどうしてこんな所にいるのかしら?」

　恐怖が去って、べつの疑問が頭をもたげた。ここへ来た本来の目的はとうに忘れられている。

「このあたりに野生の牛がいたなんて聞いたことがねぇなあ」

「あら、一頭だけじゃないわ、あっちにも、向こうの方にも、ずいぶんいるわよ」

　よく見ると、木の下、林の奥に何頭も、それぞれの形で立ったりうずくまったりしている。その中の一頭が彼らの車に近寄って来たのだ。

「この牛はホステラーとかいう乳を搾る牛だろう」

市村は黒白の斑《まだら》模様に見おぼえがあった。よく見かける牛である。

「それはホルスタインでしょう」

「そのホルスタインがどうしてこんな所にいるんだ？」

「知らないわ、でもなんだかお腹《なか》が空《す》いているみたい」

最初はもののけとおもったのだが、近寄って来た牛の柔和な目は悲しげになにごとか訴えかけるようだった。

「あら、あんな所にトラックがあるわよ」

則子が牛が最も群れている林の奥に目をやった。牛は、そのトラックの方から来ているらしい。

「だれもいねぇらしいな」

「変ねえ」

牛がまた悲しげに啼《な》いた。それが二人の耳に救いを求めているように聞こえた。

「とにかくここを出よう」

市村は車をバックしはじめた。

九月十八日午後六時ごろ、大船渡《おおふなと》市の若いサラリーマンのアベックから、気仙郡住田《すみた》

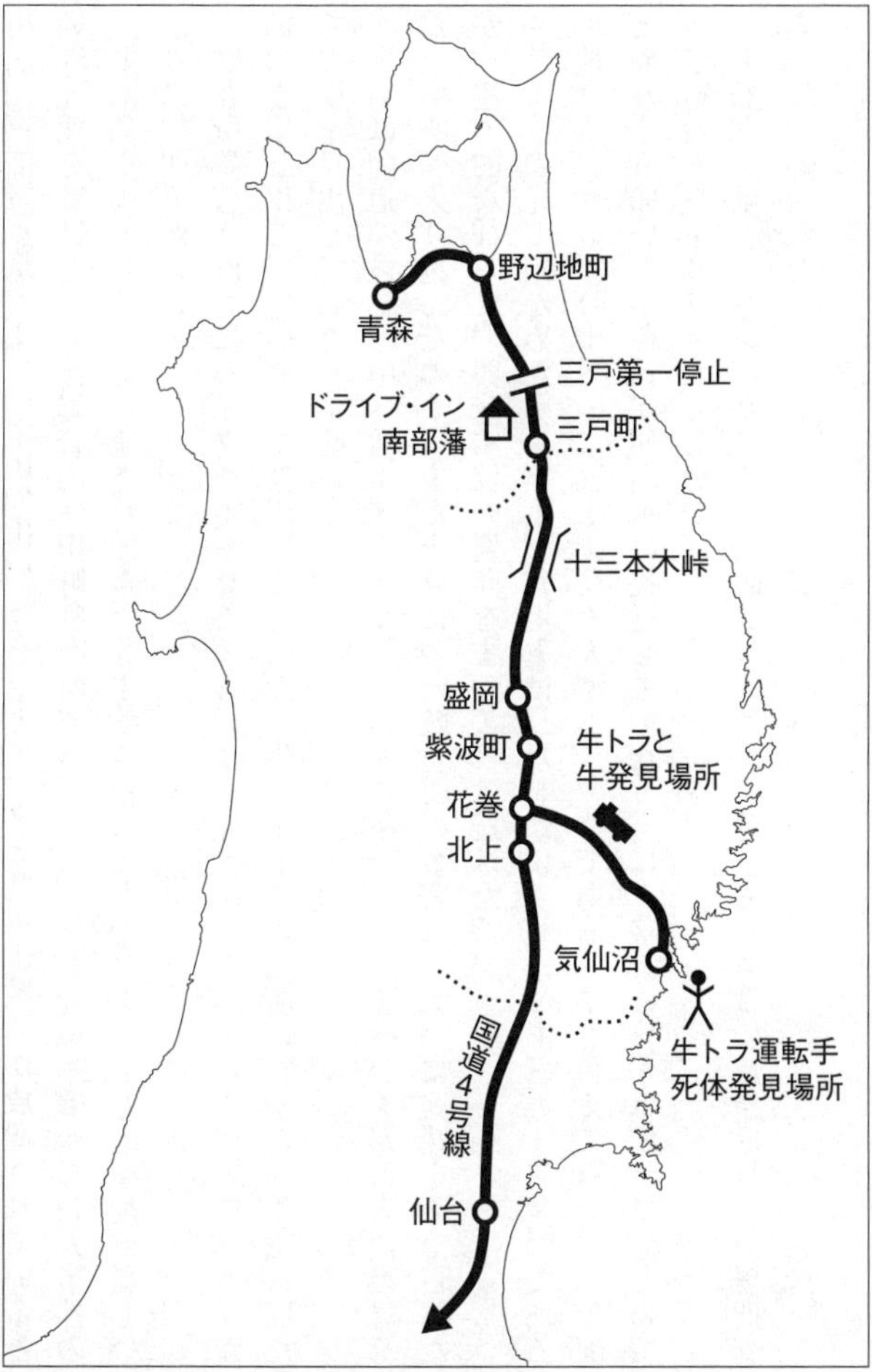
野辺地町
青森
三戸第一停止
ドライブ・イン
南部藩
三戸町
十三本木峠
盛岡
紫波町
牛トラと
牛発見場所
花巻
北上
気仙沼
牛トラ運転手
死体発見場所
国道4号線
仙台

町《ちょう》の国道107号線沿いの加労《かろう》山の山中に大型トラックと乳牛十数頭が放置されているという通報をうけた大船渡署管内住田町駐在所では、二時間ほど前に本署から殺人事件の重要関係車両として手配が流されてきた乳牛輸送車のことがピンときた。手配が新しいだけに、印象が強い。

駐在所警官は直ちにバイクを走らせた。もうすっかり暗くなっていたが、アベックが協力を申し出て、先へ立って案内してくれた。牛も車もその場所に在った。牛は人間たちの姿を見出《みいだ》してしきりに啼いた。

現場は国道から林の中へ数十メートル入り込んだ所である。アベックが何のためにそんな場所へ入り込んだのか、まだ十分に若い駐在所の警官は、大いに興味をそそられたが、協力的な彼らに、興味本位の質問をすることは避けた。

ライトの光で確かめたナンバープレートは、たしかに「札一一あ三九―二×」である。車種はニッサンUD十一・二五トン積み大型トラックである。牛も数えてみると、手配どおり十五頭いた。荷台が傾斜地に接近していたうえに、後部の枠がはずれていたので牛が荷台から下りて来たらしい。

「手配車発見」の連絡が直ちに大船渡署に入った。時をおかずこの連絡は気仙沼署捜査本部に中継された。

過去の基点

1

「アパート若妻殺害事件」の捜査会議で問題になったのは、犯人がどのようにして被害者の住所を知ったかという点であった。

被害者の夫、奥山省一の言葉によると、

「妻の過去は問わない代りに、彼女もすべての過去と絶縁してくれました。だから、彼女の過去の男たちは、この住所を知るはずがありません」

ということであった。議題がこの問題に集中されるまでに、すでにナガシや地元不良者の線は消されていた。

「ご主人に内緒で、奥さんが秘《ひそ》かに男と連絡を取り合っていたんじゃありませんか」

という捜査員に、

「そんなことは絶対にない！」

と奥山は怒色を表わして、

「彼女は私の妻になりきろうとして、それはひたむきに努めていたのです。家庭を大切にして、自分の過去を洗い落とそうとしていた。それがあなた方にはわからないんだ」

「そういわれても、たしかに捜査員には、他人の夫婦生活の微妙なところまではわからない。

だが、不幸な生活から脱け出して、ようやく幸せいっぱいの妻の座を得た女が、それを慈しんでいたであろうことは、察せられる。せっかくつかんだ幸福を自らこわすような真似はしないだろう。

それに、もし彼女が夫の目を盗んで男と連絡していたのであれば、なんらかの痕跡があるはずであった。奥山に妻の私物を調べてもらったが、そのようなものは、いっさい出てこなかった。

まだ桃園荘には電話が引かれていない。申し込みをしていたのだが、積滞していて、なかなか順番がまわってこなかったそうだ。外の電話から連絡を取り合ったと考えられなくもないが、妻に対する奥山の信仰に近いような信頼を見ては、そこまで疑うのは、気の毒になった。

「住所なんて探ろうとおもえば、どこからでも探れる。旦那の勤め先や親戚知己の線から追いかけて来たんだろう」

という意見が出されたが、奥山に、

「家内が私と結婚したことは、家内の側はだれも知らないはずです。家内はだれにも知らせなかったし、結婚式にも、彼女のサイドから一人も出席しなかったくらいですから」

と言われて打ち消された。

だが、犯人はどこからか彼女の消息を探り当てた。そのために被害者は殺されたのである。それは厳然たる事実であった。犯人は来た——奥山千秋の絶縁した過去から。とすれば絶縁したつもりの過去と現在の間のどこかに隙間があって、消息が漏れたのだ。とりあえず最も漏れやすい個所《かしょ》は、彼女の最も新しい過去が在る長野県浅間温泉である。

漏れ口がどこにあるにせよ、とりあえずそこが千秋の過去を探る基点《ターミナル》になる。捜査本部から所轄署の針生と県警捜査一課の対島両刑事が長野に出張することになった。

2

浅間温泉は、松本市の郊外にある。松本市内といってよいほどに交通の便がよいが、それだけに俗化はまぬがれない。湯元は十カ所もあり泉量は豊かで、旅館の数も多い。善光寺《ぜんこうじ》参りの帰途立ち寄る浴客が多かったそうだが、北アルプスの登山客が下山後によく汗を流しに来る。

だが「日本アルプスの登山基地」や「アルプス展望台」などのコマーシャルに釣られてやって来ると、その濃厚な遊興的雰囲気に落胆する。

旅館も、近代的な設備を誇る鉄筋のモダンなビルが軒を並べて、とても、素朴な「山《やま》峡《かい》の湯宿」というイメージではない。

新婚、社員慰安旅行や農協の団体さんなどがお仕着せの浴衣を着て、ぞろぞろ土産物屋をひやかしている。

奥山、旧姓村井《むらい》千秋が結婚前に勤めていた所は、温泉街のほぼ中央にある『銀嶺閣《ぎんれいかく》』であった。彼女はここで仲居をしている間に奥山に見染められて結婚したのである。

「えらい豪勢な旅館だな」

北端の地方の町から出て来た針生には、銀嶺閣の五階建ての建物が、ひどく威圧的に迫った。

どうせ泊まりがけの出張であるから、その旅館に泊まって調べれば、仕事がやりやすいし、収穫も多いだろうとおもっていたのだが、この建物を見ては宿泊料が心配になっておもわず尻ごみをしたくなる。

「針生さん、さあ行きましょう」

同行の対島はものおじせずに玄関へ入って行った。

さすが県警から来ただけあって場馴《ばな》れした態度である。場馴れだけでなく、最近の若い者は総じてデラックスなものにものおじしない。針生の年代の者には豪華、絢爛《けんらん》、きらびやかなものに対する先天的な畏怖と、罪悪感のようなものがあった。

針生は、対島の年齢をそのときだけは羨ましくおもいながら、彼の後に従いた形で、旅館の中へ入って行った。

磨き上げられた床の上がり框《がまち》にスリッパが何十足となく並べられ、番頭の威勢のいい声に迎えられる。彼らの部屋はこの旅館に予約してあったが、〝客〟になる前に仕事をすることにした。

彼らはまずフロントの番頭《チーフ》らしい黒服を着た男に身分を告げて、村井千秋の写真をしめした。

「あ、これは秋ちゃんの！」

フロントの男に、たちまち反応が現われた。ここで、その「秋ちゃん」の身にその後起きた事件が説明された。青森の方の殺人事件はこのあたりではあまり大きく扱われないのか、それともたまたま番頭がその記事を読まなかったのか、彼は事件を初めて知った様子である。

もっとも報道は結婚後の名前でなされたから、たとえニュースを読み聞きしても、気がつかなかったかもしれない。

「あの秋ちゃんが殺されたんですか、いい所に嫁にもらわれていったとか聞いていたのですが……」

番頭の面に愕《おどろ》きと悼みの色が表われている。

「村井さんが結婚されたことは、ご存じだったのですか？」

口下手の針生に代って、聞き手はもっぱら対島がつとめた。

「いえ、なんとなく噂《うわさ》で聞いたものですから」

「お宅に勤めていたころ、特に親しくしていたような男はありませんでしたか？」

「つまり、男関係というやつですね。あの通り、このあたりでは渋皮の剝けた子でしたから、ずいぶんあちこちから誘いはかけられた様子ですがね、身持ちの堅い子でしたよ。仲居なんかにしておくのはもったいないほどの女で、芸者にでもなればずいぶん稼いだでしょうね。ここへ来てから浮いた噂は聞いたことがありません」

「いつごろからこちらへ来たのです？」

「たしか去年の暮ごろから半年ぐらい居たでしょうか」

「客から誘われたというようなことはありませんか？」

「それはあったでしょうね、しかし客とのこととなると、私らフロントにいる者にはわかりません」

「後で、特に村井千秋さんと仲のよかった朋輩《ほうばい》の人でもいたら、連れて来てくれませんか。それから、村井さんがここへ来る前はどちらにいたのですか」

「それがね、私も知らないんですよ。部署がちがうので、あまり口をきいたこともなかったし、それに口数の少ないおとなしい子でしたから」

「履歴書や身上書のようなものがあったら、見せてもらいたいのですが」

「それが……」

番頭の面に当惑が揺れた。

「どうしました？」

「たぶんそのようなものは取っていないとおもいます」

「履歴書を取らずに雇うのですか？」

「最近は人手を大きな都会に取られてしまいましてね、私どもでそんなうるさいことを言うと、人が来てくれないのですよ。ほとんどが地元の人のパートや、アルバイトで賄っている状態なのです」

「すると、身元もなにもいっさいわからず、当人の申し立てだけを信用して使っているわけですか」

「それでもべつに事故はありません。ほとんどの人間は地元の者ですし、よそから流れて来る者も、顔を見ればどの程度信用できるかわかります。それに各地の旅館を渡り歩いている秋ちゃんのようなプロの仲居は、強い戦力になりますので……」

番頭の言葉は急に弁解がましくなった。対島に咎《とが》められたとおもった様子である。

「各地の旅館を渡る？」

黙然として二人のやりとりを聞いていた針生が、言葉をさしはさんだ。村井千秋が旅館を渡り歩いていたのであれば、どこかの「旅館」からここへ来たことになる。

「この世界には渡りの仲居がいましてね、旅館専門に仲居をしているのです。秋ちゃんはプロの仲居でした。そういうプロがいると、単に料理の上げ下げだけでなく、芸者並みの客あしらいをしてくれるので、たすかるのです。特にうるさい客の指名の妓《こ》がフサガリで（他の座敷に取られて）、もらえないときなど、秋ちゃんは抜群でした。ピンチヒッターで応対しているうちに、すっかり気に入られて、今度は秋ちゃんを指名する客もいたほどです。芸者衆からはけむったがられましたが」

温泉旅館だから、宿泊客だけでなく、宴会客も多いのであろう。

「村井さんが初めてここへ来たとき、応対した人はどなたですか？」

対島が、早速針生の意を悟って、ツボを心得た質問をする。

「たぶん支配人だとおもいますが、呼びましょうか？」

「ぜひお願いします」

そのとき玄関口に大型バスが横付けになって、団体客が下りて来た。フロント前は騒然となった。これから旅館の忙しい時間帯にかかるらしいが、そんなことは斟酌《しんしゃく》していられなかった。

でっぷりふとった赭《あか》ら顔の中年男を想像していた彼らの前に現われた支配人は、渋い和服がよく似合う四十年輩の上品な女性だった。旅館の支配人というより、良家の奥様といった感じである。

「私が支配人の宮地《みやじ》でございます」

しとやかに頭を下げて、差し出した婦人用の縁の円い小型名刺には「宮地佐和子《さわこ》」と刷られてあった。すでに番頭が彼らの用件を伝えたらしい。初対面の挨拶がすんだところで、ここでは落ち着いて話ができないからと、フロントの奥の事務所へ通された。そこが支配人室だった。フロント前の喧噪《けんそう》はここまでは届かない。

香りのよいコーヒーが運ばれてきた。とりあえずの飲物で、初対面のぎごちなさが多少とれたところで用件に入った。

「私もただいま番頭さんから秋ちゃんが殺されたと聞いてびっくりしました。とてもいい人だったのに。もっともっと居て欲しかったのですけれど、七月の末ごろどうしても辞めたいと言いましたので、それ以上引き止められなかったのです。あのとき無理にでも引き止めていれば、殺されずにすんだかもしれませんわね」

支配人は、自分の責任ででもあるかのように身体をちぢめていた。

「辞めていくとき、結婚すると本人が言ったのですか？」

「いいえ、私がお嫁に行くの？　とたずねると、ただ笑っていたので、こちらが勝手に察しをつけただけです。幸せになるために辞める様子だったので、私も残念だったけど無理に引き止めなかったのです。刑事さん、いったいだれがそんなむごいことを……」

「その犯人を探すために、こちらへうかがったのです。有力容疑者としてトレンチコートを着た男が浮かんでいるのですが、村井さんがこちらにいる間、特に親しくしていた男はいませんか」

「あの子は身持ちのいい子でした。あの器量の上に〝渡り仲居〟をやっていたくらいだから、男関係がまったくなかったとはおもえませんが、うちへ来てからは、特定の男はいなかったとおもいます。ずいぶんあちこちから誘いはかけられていた様子ですけれど」

「たとえば芸者のように、客と一夜の自由恋愛をするというようなことはないのですか」

「うちでは芸者は泊めません。また通い以外の従業員は、みな寮に住んでいますから、そんなことできるはずがありません」

宮地佐和子は、少し語気を強めた。対島の言葉が彼女のプライドに少し抵触した様子であった。

しかし、その客の一人の奥山に見染められて結婚したのである。それ以前にも結婚までに至らない客との恋愛沙汰がなかったとは言いきれない。これは後で、村井千秋の朋輩や、寮にいっしょに住んでいた仲間に確かめなければなるまい。

「村井さんは、こちらへはどんないきさつで来たのですか？」

「昨年の暮ごろ募集を見て入って来たのです。スーツケースを一つ下げただけで」

「募集というと、新聞広告でもされたのですか？」

「いいえ、表に出していた従業員募集の貼紙を見て来たのです。一年中出している貼紙ですけれど。私どものような所では慢性的労働力不足なんです」

「そのとき履歴書などは取りますか？」

それはすでに番頭から否定的な答えを得ていたが、支配人に直接確かめてみた。

「後で差し出させることになっていたのですけど、ついそのままになってしまいました。一目見て、信用のおける人だとおもいましたし、よそへ回せば、すぐにその場で取られてしまうことが目に見えていましたから。なかなかあれだけの人は飛び込んで来ないのです。器量も経験も申し分ない人でした」

「ここへ来るまでは、どちらにいたと言いました？」

「各地の温泉旅館で働いていたと言っただけで、特にどこにいたとは聞きもらしました。あまり話したがらない様子でしたので」

「前にいた所を話したがらないのは、何か後ろ暗いところがある証拠だとは考えませんでしたか？」

「たしかにお目見得泥《めみえどろ》のような人間もいますけど、渡りの仲居にはそういう人はいませんね。この業界は案外横のつながりがありましてね、そういうことをすれば、すぐに噂に上って、顔が割れてしまうんです。泥棒が渡り仲居を装って来ても、すぐにわかります。こちらも商売ですものね」

「どういうことでわかるのです？」

「話をしてもわかりますし、仕事をさせればはっきりわかります。素人や未熟者は、手で料理を運びますが、プロは体で運びます。動線も最も短いし、動きに無駄がありません。素人は目の前のお客しか見ていませんけど、プロはそこにいる全部のお客を見ていますわ」

「なるほどそういうもんですか」

餅は餅屋だと感心したものだが、村井千秋の過去や男関係についてはなにもわからなかった。結局、支配人から得るところはなく、村井千秋と寮が同じ部屋で、最も親しかったという半沢《はんざわ》つねという中年の仲居を紹介してもらった。

つねは、支配人に呼ばれて、何事かとおどおどしていた。ちぢれた赤茶けた髪をした肥《ふと》った女だった。支配人の話によると、この近くへ嫁いで来たのだが、子供が生まれないので離縁されて、実家に帰りにくいままに銀嶺閣に居ついたそうである。

「それでは私はちょっとフロントの方を回って来ますから。おつねさん、刑事さんのお役に立ってね」

　自分がいると、半沢つねが話しにくいと気をきかしたのか、宮地佐和子は立ち上がった。

　支配人が立ち去って、刑事といっしょに残された半沢つねはますます萎縮したようになった。こんな相手に対しては、訥弁《とつべん》の針生のほうがよい。相手の緊張を解きほぐすような、東北 訛《なまり》まるだしの針生に、つねはいくらか緊張を解いた様子である。

「それで、我々とすても、なんとか犯人を捕めえてえとおもってあんすが、千秋さんと特にすたすがった男の心当たりはながんすか？」

　針生は相手の緊張を解くためにいつもは抑えている訛を故意に強調した。

「さあねえ、秋ちゃんとはいつもいっしょだったけど、浮いた噂一つありませんでしたよ」

　つねの口がポツリポツリとほぐれてきた。

「しかすですな、村井さんはお客の一人と結婚したす。そのとき、なんにも気がつかねがったすか？」

「秋ちゃんは、結婚する少し前に、お客の一人からプ、ロ、ポ、ー、ズ、されてると私だけにそっともらしたことがありました。自分のような女にまともな主婦の座がつとまるだろうかと私に相談したので、あなたなら大丈夫だから自信をもつようにといってやりました。

どうやら相手のお客も真剣な様子でしたので、うまくまとまればいいなとおもっていると、秋ちゃん暇を取ったので、とうとうあの人といっしょになるのねというと、住所が定《き》まったら連絡するといって別れたままになってしまったんです。結婚することはだれにも言わないでくれと頼まれたので、いままで私一人の胸の中にしまっておきました」

「村井千秋さんにプロポーズすたお客にあなたは会ったことがながんしたか」

「一度だけお座敷であります。奥山とかいう技師さんでまじめそうな人でした。私もあの人なら大丈夫だとおもいました。まさか旦那さんが……？」

「いやいや、犯人はべづにいあんす。それば探すに来たのでがんす。村井さんはこちさ来る前にどこにいだども言わながったのでがんすか？」

「あまり、以前のことは話したがらなかったですから」

「どんな些細《ささい》なこどでもいいのであんす。訪問者はねがったでしたか？」

「訪問者？」

つねの言葉がふと舌の先に引っかかった。

「訪ねてきた人がありぁんしたか？」

二人の刑事は仲居に視線をすえた。初めて反応らしい反応があったのだ。

「秋ちゃんがやめて二日ほど後だったのですが、寮へ秋ちゃんを訪ねて来た男がありました」

「男!?　それはどんたな男でした？」

「どんな男と言われても、特に注意をしていなかったものですから。まだ暑いのによれよれのコートをもっていたのをおぼえています」

「コートばもっていましたか。それは茶褐色のトレンチコートではながんしたか」

針生の声が弾んだ。

「ああいうコートをトレンチコートっていうんですか、ほら、手にかかえていたのですけど、テレビの刑事が着ているでしょう。あんな感じだったとおもいます」

いま人気のあるテレビ番組の刑事の着ているコートとはだいぶ異なるが、容疑者のコートもかなりくたびれていたから、半沢つねの目には同じ様に見えたかもしれない。トレンチコートの男は、浅間温泉からすでに被害者につきまとっていた状況が浮かび上がった。二人は自分たちが正しい方向をたどっていることを確信した。

「その男の特徴をどんたなこどでもいいからおもいだすてください」

刑事の真剣な表情に、つねもトレンチコートの男が重要人物であることを悟ったらしい。

「ごく普通の顔立ちで、特徴といえるようなものはおぼえていません。二十七、八でしようか、やせ型で顔色が悪かったようにおもいます」

「めがねとが帽子、指環《ゆびわ》のよんたなものを身さ着けでいあんしたか」

「いいえ、着けていません」

「背丈はどのぐれぇだったのすか」

「男の人として普通でした。刑事さんぐらいだったとおもいます」

針生と対島も百七十センチ程度である。

「言葉さ訛はねがったのすか」

「特になかったとおもいます」

「それでその男は村井さんさどんたな用事があると言ったのでがんすか」

「それがはっきりいわないのです。ただ至急会いたいと言うばかりで。秋ちゃんがやめたというと、転居先をしつこく聞いていました。私も知らないのだと言っても、なかなか信じてくれないで、わざと隠しているんじゃないかって疑っていたようなんです。感じの悪い男でした」

「それでその男はまだ来あんしたか」

「いいえそのとき一回きりです」

「名前ばいいあんしたか」

「帰りぎわに聞いたのですが、いないんじゃ名乗ってもしようがないだろうですって」

「それじゃその男の身元はまったぐわからねのでがんすな」

「はい」

半沢つねは気の毒そうにうなずいた。せっかく引っかかった大獲物に鉤《はり》の先からするりと逃げられたようであった。ただトレンチコートの男が訪ねて来たというだけでは、局面は少しも進展していない。心の中の情動の指針が、希望と失望を往復している。

「そうそうすっかり忘れていましたけど、手紙が送られてきたんです」

刑事の失望が激しいので、つねはそれを慰めようとしてか、新しいことをいいだした。

「手紙が？　それはどういうこどでがんしたか」

「秋ちゃんが暇を取った後で手紙が戻ってきたんです。その中《うち》、回送しようとおもって私が預かっていたんですが、住所がわからなかったので」

「その手紙、いまもっていあんすか？」

「探せばあるとおもいます。でも秋ちゃんの出した手紙が、宛名人が転居して差し戻されてきたんです」

「ぜひとも、探し出すてけねすか」

刑事は勇躍した。たとえ差し戻された手紙でも、その宛名人は、被害者になんらかの関わりをもつ者である。そしてその者は、「浅間以前」の過去に潜む可能性の強い人間であった。

「ちょっと待ってくださいね、寮の方を探してきますから」

半沢つねは、いったん二人の前から旅館の裏手にあるらしい寮の方へさがった。二十分ほど待たされてから、彼女はまた姿を現わした。手に一通の古ぼけた封書をもっている。

「あったのすか!」

二人の刑事の声は、おもわず弾み立った。

「奥の方にしまいこんでいましたので、手間取りました。これが戻されてきた手紙です」

つねは、封書を差し出した。表書きは、「神奈川県秦野《はだの》市鶴巻《つるまき》温泉玉泉館《ぎよくせんかん》気付　田《た》所《どころ》尚和《なおかず》様」となっている。消印の日付けは八月二日で、浅間温泉局から投函していた。それが宛名人が転居したために玉泉館が差し戻してきたものである。

「男だな」

二人はその宛名人にじっと視線を集めた。村井千秋の身辺に初めて夫以外の男の名前が浮かび上がった。この田所がトレンチコートの男かどうかいまのところわからない。

「半沢さん、あなたは村井さんから田所という男の名前を聞いたことがありますか?」

針生の訥弁がもどかしくなった対島が今度は質問した。

「いいえ、この宛名人の名前も手紙が差し戻されてきて初めて知ったのです」

「針生さん、この手紙は浅間温泉から出していますね」

対島は手紙の消印をにらんで言った。

「それがどうかしたかね？」

「自分の居所もはっきりと書いている。とすると、自分の居場所を知られてもかまわない相手ということになります。住所を知られたくない相手なら、こちらの住所は伏せたまま、自分の居場所から離れた郵便局から出したはずだ」

「相手がもう居所を知っている場合もあるよ」

「よく知っている相手なら、こちらの住所を省略するということもあるでしょう」

「とにかく中身を読んでみないことには、どんな相手に出したのかわからないな」

針生は封をされたままの手紙に好奇心を抑えきれない視線を向けた。この手紙の差出人はすでに死亡している。宛名人は居所不明である。

差出人に還付すべき郵便物で、差出人不明その他の事由によって還付することができないものは、郵便法の規定によって、郵政大臣の指定する地方郵政局または郵便局においてこれを開くことができるとされている。それをしても配達も還付もできないときは同所で保管し、郵便物が有価物でないときは保管開始日から三カ月後にこれを棄却するとなっている。また有価物の場合は、べつの規定がある。

いまの場合、差出人が死亡しているのだから絶対還付できない。また宛名人居所不明で差し戻されたとき、半沢つねが差出人の代りに預かった。半沢としては、いずれ村井千秋から新住所を連絡してきたときに転送してやるつもりであった。村井千秋からはっきり依頼されたわけではないが、この場合、民法上の「事務管理」として委任に準ずる関係になるだろう。半沢つねはその後、村井千秋の死亡を知らぬまま手紙を預かっていたのであるから、彼女が保管者であり、占有者である。

「この封筒の手ざわりでは、現金ではないな」

針生は中身を推測した。

「小切手でも入っていたらどうなります?」

「いずれ郵便法で国庫に帰属することになるんだろう。とにかく領置しよう」

領置は、被害者その他の者が遺留した物、または所有者、所持者、もしくは保管者が任意に提出した物を占有することである。

言葉どおりの〝デッドメール〟の保管者たる半沢つねが、任意に提出してくれれば、それを領置できる。

「秋ちゃんが亡くなってしまったんでは、これ以上、私が預かっていても仕方がありません」

とつねは、その手紙を提出してくれた。二人はその場で開封した。中身は一枚の便箋で、女文字らしい細く円味をおびた筆蹟《ひっせき》で次のようにしたためられてあった。

——もうこれ以上私の後を追わないでください。私たちのことは終ったのです。あなたと私は所詮縁がなかったのです。昔の夢ばかり追いつづけていると、二人ともだめになってしまいます。あなたを幸せにする鍵を私はもっていません。それはだれか他の人がもっているのです。どうかその人を探してください。私も、私の道を探します。それではお元気で。かしこ——

文面はそれだけで終っていた。

「これは！」

「縁切り状ですね」

二人は顔を見合わせた。初めて鉤にかかった獲物は大物であった。被害者に動機をもちうる人間が初めて具体的な輪郭をもって浮かび上がってきたのである。

「差出人が居所を隠さなかった理由がわかったよ」

「どうしてですか」

「この日付けは八月二日になっている。ということは被害者がここをやめた後だろう」

「そうか、彼女は新しい生活に入る前に、過去の男に〝三下り半〟を突きつけていったのですね」

「女が男に出す離縁状を三下り半というかね？」

「どっちだっていいでしょう。村井千秋にしてみれば、旦那との新生活に高飛びする直前だから、浅間温泉の旧住所を知られてもいっこうにさしつかえなかった。これ以上自分の後を追うなと言ってるくらいだから、男にとうに知られていた住所かもしれません」

「田所がトレンチコートの男だとしたら、手紙とすれちがったことになるな」

「田所は、女が自分に〝三下り半〟を突きつけたことを知らずにやって来たことになりますね」

「なにかの理由から、男は手紙に表示された居所を引きはらった。その後に女の手紙が来た。いずれにしても神奈川県の鶴巻温泉とやらを早急に当たる必要がある」

二人は、これほどの大獲物をもたらしてくれた半沢つねを放り出して、新たに浮かんだ捜査の対象に心を飛ばしていた。

凶行の軌跡

1

岩手県気仙郡の国道107号線沿線の山林中より手配車発見の報に、岩手県警捜査一課は色めき立った。

管区警察局および宮城県警などに連絡を行なうと同時に、稼動できる課員を総動員し、機動捜査隊、鑑識課現場班とともに現場に駆けつけて、夜を徹しての捜査活動を展開した。

現場は、北上山地の南端にあたる所であり、遠野市南方約十七キロの気仙郡東端の国道沿いの山中である。このあたりは107号線沿いでも、深い山間部で、最も人気《ひとけ》の少ない地域である。牛トラは国道から五十メートルほど入ったブナ、ナラなどの広葉樹の雑木林の中に国道に車尾を向けた形で放置されてあった。荷台後部の開閉戸が開いていたうえに傾斜地に接近していたので、牛はそこから地上へ草や水を求めて下りたのであろう。

逃走前に犯人が牛のために戸を開いてやったのか、または自然に開いたのかはわからない。

牛は十五頭健在であった。時ならぬ時間に突然殺到して来た警察の大部隊に、牛はびっくりして、しきりに啼いた。それが臨場の警察官に牛が何事かを訴えているように聞こえてしかたがなかった。とにかくこの牛たちが凶行を目撃している。牛だけが知っている凶行、人間が殺され、牛であるが故に殺されずにすんだ。そこに捜査員たちは皮肉なものをおぼえた。

被害車両の綿密な検査が行なわれた。その結果、車内からは血液反応は認められず、被害者以外の指紋も顕出されなかった。現場および周辺の綿密な検査によっても犯人の遺留品や手がかりと見られるものは、いっさい発見されなかった。

犯人の遺留品は見つけられなかったが、大船渡署から来た若い刑事がステアリングの下からなにかをつまみ上げた。

「何があったがや？」

先輩刑事がその手元を覗き込んだ。

「馬の玩具のようですね」

「これは八戸《はづのへ》の八幡馬だべや」

「やはたうま？」

「八戸の有名な郷土玩具だべや、こりゃ本物だべ。このごろのは首が短く後脚がやだら太くで、千代紙の代りさけばけばしたエナメル塗りばかりだが、これは鍋墨を刷毛《はけ》で描いて千代紙を貼りつげで首も長い。たでがみやシッポの毛は、本物の馬の毛だべや」

古手の刑事に説明されてみると、量産の観光土産用の似非《えせ》郷土玩具と異なり、いかにも手作りの素朴さがにじみ出ている馬玩である。冬の農閑期に囲炉裏端で土地の者が春を待つ想いをこめて作ったであろう木馬は、掌《てのひら》に軽く乗る小型ながら、胸を張り脚を踏ん張って堂々たる風格をもっている。

「こんなものがどうしてここにあるんでしょうね」

「ガイシャがマスコットさもっていだらしな」

「腹に紙が巻きつけてあります」

運転台の床に落ちて踏みつけられたらしく、腹帯のように巻きつけられた細長い紙片が泥だらけになっていた。

「何か字が書いであるぞ」

「何でしょうね」

若い刑事は馬玩から紙の腹帯をそっとはずした。小さく折りたたまれた紙の帯にうすく墨のようなものがにじんでいる。馬体を塗った墨が水に濡れてにじんだのだろうか。

「これは！」

紙片を開いた刑事はおもわず声をもらした。そこには小さな文字がしたためてあったのである。インクがにじんで読みにくくなっていたが、辛うじて判読できた。

――お父さん、いつも、ぼくのために一生けんめい働いてくれてありがとう。お父さんのおかげでぼくは修学旅行にこられました。これは十和田湖へ行く途中の小さなおみやげものやで、一つだけあったのを見つけたのです。これがお父さんをいつも守ってくれるようにぼくの心をこめておくります。太一――


「ちくしょう、泣がせるでねぇか」

先輩刑事の声がうるんだ。

「ガイシャの子供のプレゼントだったんですね」

若い刑事も目をしばたたいて、

「でもせっかくのお守りが効かなかったですね」

「いや、ガイシャが犯人に車外さ引きずり出されだとぎ、ガイシャの体から落ぢだんだよ。だからお守りが守りきれなかったんだべ。これを踏みつけたのは、犯行後、車を運転すた犯人の足にちがいねぇ」

「先輩！」

若い刑事が強い声を出した。

「何だな」

「この犯人《ホシ》はどうしても挙げなければなりませんね」

彼はお守りに誓うように言った。

「それまでこれを預かっておきたいのですが」

「大《おっ》きな証拠資料だンぞ」

とたしなめたものの、先輩刑事の目は、許容していた。


車内に血液反応が認められないので、車外の犯行と見られた。それを裏書きするように車内から凶器も発見されなかった。被害者が多少は所持していたと見られる現金もまったく残されていない。被害者の身体には三百円ほどのバラ銭があっただけである。これは群馬県まで牛を移送する者としては、いかにも少ない。牛を売り損なった犯人は、せめてもの腹いせに、金を奪い取っていったのだろう。

犯行現場は車外である。犯人は何らかの口実をつけて運転手を車外へ誘い出し、そこで殺害して、車と牛を気仙郡の山中に、被害者の死体を気仙沼湾に捨てたのである。

――殺害現場はどこか？――

これが当面の捜査の焦点になった。被害者の生きていた消息は、九月十七日午後八時三十分、青森から札幌の大道陸運へかけてきた電話が最後である。そこから青森、岩手、宮城の三県下へ移動する過程で殺されたと見てよいだろう。

死亡推定時間の午前一時から二時ごろにかけては、ごく普通に走って来れば岩手県に入っている。車両の発見された場所と照応しても、岩手県下で殺害された疑いが最も強い。

発見されたトラックの運行記録計《タコメーター》からタコグラフが領置されて、応急の解析が行なわれた。その結果、被害者は青森から最後の電話をかけて、九月十七日午後八時三十分ごろ出発してから、青森、岩手両県において三回ほどかなりの時間、停車していた事実がわかった。

この停車時間内に殺害された疑いが大きい。タコグラフは県警本部鑑識課にもちかえられて、運行状況がさらに詳細に鑑定された。

そして岩手県捜査一課内にも瀬尾《せお》刑事部長を本部長とする要員七十六名をもって構成される「長距離トラック運転手強盗殺人事件捜査本部」が設けられ、宮城県警気仙沼署の捜査本部と並行して、捜査にあたることになった。

当面の捜査方針としては、

①被害者の足取り捜査

②車両発見現場を中心とする地取り捜査

③犯行現場の割出し
④交通関係業者の一斉捜査
⑤車両検問による聞き込み捜査
⑥青函フェリーボート乗船者の捜査
⑦家畜商の捜査

等を決定して、同時に死体発見現場、被害者の居住地および勤務先が他県道警管内であるところから共助捜査の重要性ありとして、刑事指導官が連絡責任者に指定された。

そして九月十九日には東北管区警察局から、本件を「広域重要事件捜査要綱」に基づいて、「東北管区認定（長距離トラック運転手強盗殺人・死体遺棄）事件」とする旨の通達が発せられ、九月二十一日には気仙沼署において北海道警、青森県警、岩手県警、宮城県警、警察庁捜査第一課、東北管区警察局刑事課などの担当官による第一回合同捜査会議が開かれたのである。

そして今後の統一捜査事項として、

①被害者の身辺、特に仲間関係の捜査
②家畜商、牧場主等の捜査
③検問による通行車両の聞き込み

以上三点が決定された。

2

沼沢車発見の連絡は、札幌北署を経由して大道陸運へもたらされた。北署から捜査員がその連絡とともに、沼沢車の走行経路および積荷などについて詳しく事情を聴きに来た。

大道陸運は、社長の佐野源一郎《さのげんいちろう》の下に運転手六名、助手七名、事務員二名の創業十五年の牛専門の輸送業者である。ほとんど馬喰《ばくろう》上がりで、社長が運転手を兼ねているところが多いこの業界では、大手で、のれんの古い業者であった。

捜査員に応対したのは、佐野である。牛が車ともども無事に発見されたと聞いてややホッとした表情である。捜査員はそこに経営者の非情さを見た。刑事は前置きを省いて、質問に入った。

――沼沢さんの車の積荷の内容をできるだけ詳しく話してください――

「生後二十四カ月、種つけ後六カ月のホルスタイン種乳用牛です」

――それは時価いくらぐらいですか――

「産地価格四十万前後、引渡価格は運賃や中間マージンを加えて五十万くらいになります」

――生後二十四カ月というのには、特別な意味があるのですか――

「そのころが最も輸送に適しているのです。乳用牛はたいてい生後十五～十八カ月で種つけし、種つけ後二百八十五日で出産します。種つけ後六、七カ月めが輸送最適時になりますので」

――沼沢さんの積荷内容およびコースは、どんな人にあらかじめわかっていたのですか――

「牛を積んでいるのは、外部から見えます。コースを知っているのは、私と、会社の事務の者および、送り主と受取人です」

――牛の値打ちを知っている者は――

「酪農家、家畜業者、それから我々輸送業者ですね」

――犯人は、牛のことにかなり詳しい人間と考えられますが、沼沢さんの周辺にそんな人物の心当たりはありませんか――

「沼沢はまじめで腕のいい運転手でした。もともと私同様、以前は馬喰だったのですが、免許を取って牛トラ専用の運転手になったのです。しかし牛を奪っても、買手が簡単に見つからないでしょうし、たとえ買手がいても密殺でもしないかぎり、足がついてしまいますから、そんな危険で愚かな犯罪をする者がいるはずがありません」

――しかし現実に沼沢さんは殺され、牛は奪われたのです。犯人は盗んだ牛の売り込みに失敗しましたが、目的が牛にあったことは明らかです――

「少なくともうちの社員や同業にはそんな馬鹿な真似をする人間はいませんね。犯人は岩手県に密売ルートをもっている者のようですが、我々の取引先はすべて関東、関西、四国、中国、九州地方で、東北にはありません」

――牛を輸送するには、特別の技術が要求されるのですか――

「なにぶん生き物で、値の張るものですからね、普通の積荷のようなわけにはいきません。輸送する牛は、乳牛、素牛、肉牛の三種類があります。沼沢が積んでいった牛は乳牛で、いずれも血統書付きです。これがいちばんデリケートで技術を要します」

――具体的にどんな技術ですか――

「まず輸送全行程にわたって、節《ムラ》のない平らな運転をすることです。急ブレーキがいちばん牛を傷つけ、疲れさせます。それから種つけをして運ぶので、途中で子供を産んでしまう場合もよくあります。餌や水もあたえなければなりませんし、経産牛の場合は途中何度も乳を搾ってやらなければなりません」

――輸送時間はどのくらいかかるのですか――

「輸送先によって変りますが、最も多い北見《きたみ》、釧路《くしろ》、稚内《わつかない》、旭川《あさひかわ》の出発点から、関東まで三日、九州で四日かかります。月平均四回往復できれば採算が取れるのですが、家畜輸送の八割は九月～十二月に集中してしまうので、妙味《メリット》のうすい商売です」

――それはまた何故《なぜ》ですか――

「積雪や種つけ、牛の疲労などとの関係です」

——素牛と肉牛はどういう牛のことですか——

「素牛は、肉にする目的で肥育した牛です。肉牛は乳を搾り取ったホルスタインの廃牛で、食肉市場の牛のことです。こちらのほうの輸送は乳牛ほどデリケートではないので、新人の運転手が当てられます。しかしそれも普通荷の輸送よりずっと難しいのです。急停止して牛体を衝突させれば、その部分がいわゆるアザになって、肉が変色し値段を叩かれます。また、途中の給餌給水を怠ったり、不規則にしたりすると、体重が目減りして、降し地での検量によって、減量分がそのまま輸送業者の負担になるのです。ですから降し地へ着く前にたっぷり餌と水をあたえて、少しでも体重を重くしなければなりません。また途中で死にそうになっても、生きているうちに食肉市場へ運べば引き取ってもらえるのですが、最近サラリーマン根性の運転手が多くて、なかなかこれだけきめのこまかいことをやってくれません。ひどいのになると、降し地に着くまで死んでいるのに気がつかなかった者もいます」

——沼沢さんの運んでいた牛は、たしか二カ所へ送り届けることになっていましたが——

「北海道の訓子府町の駒里農協と日ノ出農協から群馬県の高崎市と沼田市宛です。このように積み地と降し地が二カ所以上の場合は積み込み順序の組み立てにも熟練を要します。牛はなかなか車に乗りたがりませんからね。また積み地降し地に多数の人間が待機しているので、常に連絡が必要になります。とにかく走行中は、運転手以外いまどの辺を走っているか、まったく見当がつかないのですから」

――沼沢さんが青森から連絡してきたのは、そのような意味合いがあったのですね――

「そういう点においても、沼沢は絶対の信頼がおける運転手でした」

――牛輸送用トラックは、特別の構造になっているのですか――

「構造といっても、天井に餌棚を取り付け、床に排泄用のおがくずを敷くだけです。あとは布でつくった水槽を用意します。ほとんど十一トン車を使いますが、乳牛で約十五頭、素牛や肉牛なら二十五頭積みます」

――牛の輸送にはなにか法的な規制がありますか――

「車にはありませんが、乳牛移送の場合は、保健所から移出証明書または牛の健康手帳をもらわなければなりません。食肉市場行の牛には必要ありません」

――沼沢さんは乗務にあたって、現金をどれくらいもっていたかご存じですか――

「運行費用として十万円出しました。九州や四国の場合、二十万くらい出します。これは移送中の燃料費とか食費その他不時の出費に備えて運転手に預けるもので、帰って来たときに精算します。おそらく自分の金はもっていかなかったとおもいます。精算のときわからなくなってしまうものですから」

——北海道訓子府町の出発時間、移送中こちらへ立ち寄った時間、青森から連絡してきた時間などにはまちがいありませんか——

「まちがいありません。すでにお答えしたとおりです」

——沼沢さんのご家族は、たしか奥さんとご子息が一人でしたな——

「細君と、小学校六年の息子の三人家族です。とても女房孝行、子煩悩でした。いま遺体の確認に気仙沼の方へ行っています。私もこれからできるだけのことはしたいとおもっています」

——そうしてあげてください、殉職ですからね。ところで沼沢さんに添乗することになっていた助手が急に発病したと聞きましたが——

「急性盲腸炎になって手術をしたのです。いま入院していますよ」

——その助手の入院先を教えてもらえませんか——

「北区の北十七条にある毛利《もうり》外科病院です」

大道陸運の聞き込みを終った北署の刑事は、その足で毛利外科病院へまわった。助手の名前は三橋という二十三歳の独身の若者である。刑事は初め、三橋が犯人と通じて情報を流し、自分は仮病を使った可能性を疑っていた。

だが三橋は、本当に盲腸の手術をうけていた。本人に当たる前に手術を執刀した毛利院長から三橋の盲腸炎が急発のもので、本人も予測できなかったことを確かめた。

「おれがいっしょに行ってやれば、沼さんはあんなことにならなかったかもしれない。おれが、よりによってあの日盲腸なんかになったもんだから、沼さんを殺してしまった」

刑事の訪問をうけた三橋は、自分の頭を拳で叩いて泣きだした。看護婦が飛んで来て、沼沢遭難のニュースが入ったとき半狂乱になったのを、鎮静剤を服《の》ませてやっと鎮めたばかりなのだと言った。

「どうか、患者をあまり興奮させないでください。術後の経過にさわります」

看護婦にたしなめられて、刑事らはすごすごと引き返さざるを得なかった。三橋に対する疑いは、すでに捨てていた。

3

北海道警、青森県警からの連絡によって、被害者沼沢太助は、九月十四日札幌市北区の大道陸運より運行費用として現金十万円を預かり、同十六日午前九時ごろ常呂郡訓子府町より乳牛十五頭を積み、十七日十六時三十五分青函連絡船第十二便北海丸に乗船、同日二十時三十五分青森着、ここから群馬県へ向かったことが明らかにされた。

事件解決の鍵は、被害者のその後の足取りを明らかにすることにある。国道4号線沿いの交通業者への聞き込みや夜間検問が精力的に行なわれたが、いずれも小粒な関連情報ばかりで、犯人に直接結びつくものはなかった。

急がれていたタコグラフの顕微鏡による詳細な解析結果が出た。

タコグラフを記録する運行記録計《タコメーター》は、時計と速度計を組み合わせたもので、運行時間、運行距離、瞬間速度などが記録される。グラフは二ミリ幅五分間になっているが、顕微鏡によって、さらに詳細な解析が可能である。最も鮮明に記録されるのは、急停止と加速であり、事故の際に有力な証拠資料としてよく利用される。

現在はトラック、バス、ハイヤー、タクシーだけに装備されているが、いずれは安全性と管理上の観点からすべての車に装備されるのが望ましいとされている。

この解析結果に基づいて、大道陸運の協力をあおぎ、被害車両を同一の条件、状況下において、国道4号線から、107号線沿いの発見現場まで走らせた。牛は乗せられないので、牛に見たてた土嚢《どのう》を四十袋積んだ。運転は宮城県警の高速道路交通警察隊《ハイウエイパトロール》のベテランが担当した。

タコグラフには、休憩その他の停止のほかに、交通渋滞や、信号による停止も記録される。まずこれらの停止を消去して、犯行のための停止を残さなければならない。

青森を北の基点とする4号線は、野辺地まで陸奥《むつ》湾の海岸線に沿って走り、内陸部に入って一路南下する。十和田市、五戸《ごのへ》、剣吉《けんよし》の間は起伏の多い山間部である。三戸町《さんのへまち》を経て、岩手県へ入ると、馬は馬淵《まべち》川をからみながら屈折が多くなる。

馬仙峡《ばせんきよう》の奇勝を過ぎて、一戸駅を右手に見ながら走り抜けると、道はゆるやかな上りにかかり、十三本木《じゆうさんぼんぎ》峠へかかる。ここが北へ向かう馬淵川と、南へ落ちる北上川の分水嶺となる。峠を越えて下りにかかると石川啄木《いしかわたくぼく》の渋民村《しぶたみむら》に入る。昼ならば右手に岩手山が視野に入る。4号線沿線で最も牧歌的な風景の展開する地域である。

渋民村を過ぎると北上川と東北本線を左手にやりすごして、樹齢二十年以上の雑木を分ける滝沢村の分かれにかかる。ここは、花輪町《はなわまち》方面に向かう282号線の分かれる地点で、盛岡は近い。盛岡バイパスを過ぎると、田園の中のほぼ直線の道路が北上までつづく。昼間は最も渋滞の激しい地域である。

4号線の沼沢車の軌跡は、このあたりで終って、脇道へそれる。

幸運だったことに、被害車両は、4号線が最も空いている時間帯に走っていた。4号線は比較的信号の少ない国道である。また大道陸運の話によると、動物の輸送において最も避けなければならないのは、節《ムラ》のある運転だそうである。特に急停止は動物相互を衝突させ、傷つけたり、不用に興奮させたりする。牛の場合は、角があるので牛体を傷つけやすい。

要するになるべく停まらず、平均時速四、五十キロで平《フラット》に走るのが最もいい。大道陸運では、警察の旦那の前だがと断わって、「動物のために多少の信号無視はしても、なるべく途中で停まらないようにする」と言った。

沼沢太助は、同社の牛トラの運転手の中でも、最もフラットに走るベテランで、信号の所在なども知悉《ちしつ》している。間合を取りながら信号にかからないように走る名人であった。

タコグラフは、彼の名人ぶりを裏書きしており、ほとんど信号停止がない。そのため最も困難と考えられた信号停止の消去作業が比較的簡単にすんだ。事件当夜、4号線、107号線はスムーズに流れ、渋滞を生じさせるような事故もなかった。

こうして最後まで残されたのが、別表の停止である。これをタコグラフにしめされた速度と走行距離と見合わせて予想停止地点が割出された。

それによると、気仙郡の山中からアベックによって発見されるまで、車が停止した個所は、野辺地町、三戸町、十三本木峠、紫波町付近が予想された。（95ページ図参照）

その中《うち》、野辺地と三戸付近においては、いずれも二分未満の短い停止時間である。殺人の実行に、これだけの時間では無理である。車外が犯行場所と推定されているのであるから、犯行に見合う時間、車は停止していなければならない。

「野辺地と三戸付近における二分未満の二回の停止は何のためだったんでしょう？」

岩手県警捜査第一課に設置された捜査本部での会議において、大船渡署から本部に投入された若い刑事が疑問を提出した。会議には宮城県警の捜査員も加わっている。若い刑事は雰囲気に圧《お》されて合同捜査会議においてなかなか発言できないものである。

「小便でもしたんだろう」

その若手の発言を本部のベテラン捜査員が手もなく封じた。笑いで緊迫していた会議場が湧く。若い刑事は出端《ではな》を挫《くじ》かれた形で、頬を赤くしたが、おかげで堅い雰囲気が少し和んだ。ベテランもその効果を狙っていったらしい。

事実、二分未満の停止の目的としてはまさにそれが妥当である。

「二回の小停止を除くと、三戸の二回めの停止で一時間一分三十一秒、次が十三本木峠付近の十九分十七秒、そして三番めが紫波町付近の一時間二十二分四秒だ。この中のどこかに犯行場所があるにちがいない」

会議を主宰した本部長がみなの発言をうながすためにいった。

「私は十九分十七秒の十三本木峠がいちばん臭いとおもいます」

捜査第一課の切れ者の佐竹《さたけ》刑事がいった。幼時に両親を強盗に刺殺されたのが動機で警察へ入ったというくらいだから、犯罪の追及には異常なまでの熱っぽさがある。「私怨で犯人を追っている」と広言してはばからない。それだけに時々行き過ぎ捜査をやりやすいが、最近、サラリーマン化した刑事の多い中で、佐竹のように「親の仇討《あだう》ち」をするような気持ちで犯人を追ってくれる者は、頼もしい戦力である。本部きっての行動派であると同時に理論家でもある。カンもいい。つまり刑事になるために生まれてきた

	時刻			予想到着地点	総走行距離	停止時間
9月17日	20時	35分	43秒	青森港埠頭	0	
	21	20	28	↕43km［青森県］		
	21	22	19	野辺地町付近	43km	1分51秒
	22	52	31	↕65.5km		三戸第一停止 1分23秒
	22	53	54	三戸町付近	108.5km	
	22	58	16			三戸第二停止 1時間1分31秒
	23	59	47	↕42.5km［岩手県］		
18日	1	3	24	十三本木峠付近	151km	19分17秒
	1	22	41	↕67.5km		
	3	2	12	紫波町付近	218.5km	1時間22分4秒
	4	24	16	↕79.5km		
	6	18	35	気仙郡加労山中	298km	

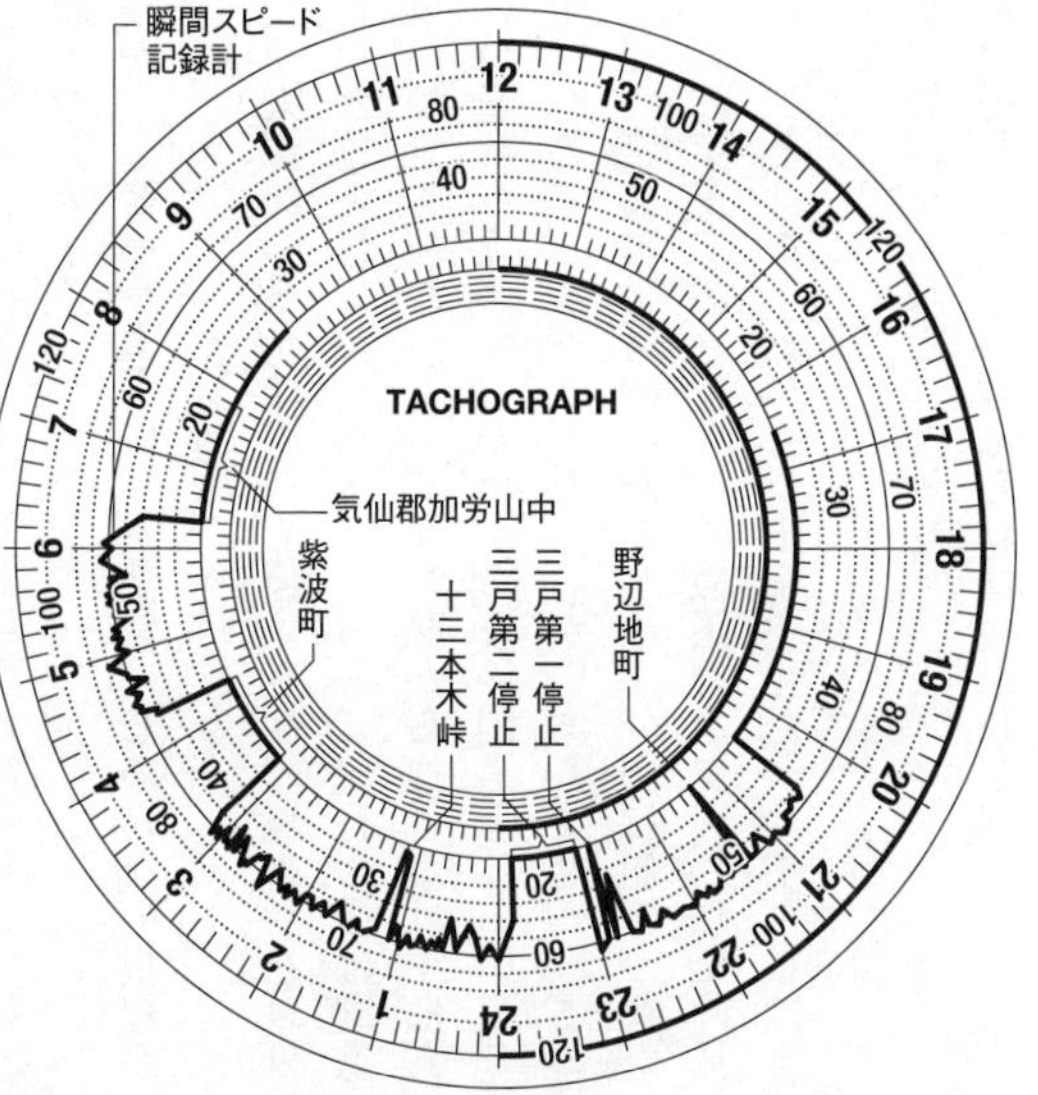

ような男だった。

だが、彼の鬼刑事ぶりに「鬼竹」とかげで呼ぶ者もある。「おにたけ」ならよいほうで、地元の不良や素行不良者は、それを音読みする。

佐竹の発言に――そのわけを聞こうか――というように、本部長はじめみなの視線が集まった。

「まず、本件は走行中の被害車両を、犯人がなんらかの方法で停止させ、被害者を車外に誘い出すか、連れ出すかして殺害したと見られております。すると、犯行現場は国道4号線の路上と考えられます。被害車両の目的地から見て、4号線から逸れるはずはありません。たとえ深夜であっても、いつ通行車両が来るかわからない国道上において、犯人としてはできるだけ短時間内に犯行を終了しようとしたにちがいありません。この観点に立つと、三戸付近の一時間以上と、紫波町付近の一時間二十二分間に犯罪が行なわれたとは考えられないのです。たとえ、深夜であっても、幹線国道上で、これだけ長い間、通行車両がまったく絶えるということはないとおもいます。したがって、私は十三本木峠が犯行現場だったと考えます」

もっともだという同調のうなずきが大勢に見られた。

「被害車両を国道から脇道へ連れ込んで犯行したとは考えられないかね？」

異論を出したのは、捜査の事実上の指揮を執る村長《むらなが》警部であった。強面《こわもて》ぞろいの捜査一課の中で、これはまた場ちがいのような茫洋《ぼうよう》たる風貌の持ち主である。先刻「小便云々《うんぬん》」で座の空気を解《ほぐ》したのも、彼である。だれも「むらなが」などと呼ばない。もっぱら「村長《そんちょう》」で通っているし、その方がぴたりとはまっている。「鬼竹」に対するに「村長」は、岩手県警の名物コンビであった。

「どういう風にして脇道へ連れ込むのですか？」

佐竹が、刃物のように光る目を、自説に冷水《ひやみず》をかけてきた村長に向けた。

「それはだね、たとえばだ、そのうつまり、被害者の車へ乗り移って脅迫し、適当な場所へ連れて行ったとか……」

案の定、闘志を剝き出して嚙みついてきた佐竹に、ややへどもどしながら村長が答えかけると、

「その可能性はあるでしょう。しかしそのためには、犯人はいったん被害者の車に乗り移った後、被害者を車外へ連れ出さなければなりません。被害者を強制してコースからはずれさせた後、車外へ連れ出そうとすれば、必ず抵抗があったはずです。被害者はかなり力自慢だったそうです。被害車両の中にはそのような痕跡はいっさい認められなかったのです」

「なるほどそう言われてみればそうかなあ。しかし飛び道具で脅かされるということもあるよ」

村長はまだ自説を捨て切れないらしい。

「被害者が頭を鈍器で殴打されて死んでいることを忘れては困りますよ。飛び道具があれば、それを使ったでしょう」

「音が出るのを恐れたのではないか。それから弾からも足がつくからな」

「音は仕掛けをすれば防げます。弾だって盲管になるとはかぎりません。この際飛び道具は考えなくともいいのではないでしょうか」

村長は、佐竹の強引な説得の前に沈黙した。村長も飛び道具まで考えていたわけではない。凶悪ではあるが、これは牛を狙った犯罪らしい。しかも犯人はかんじんの牛を換金しそこなっている。犯罪そのものにローカルカラーが強く、都会的な銃器が用意されていたとは考え難《にく》い。

「十三本木峠の次の紫波町付近における一時間二十二分の停止に注目してください。犯人は十三本木峠で犯行を終え、牛を奪い、紫波町で牛を売ろうとしたのではないでしょうか？　このあたりには家畜商が多い。ここで牛を売り損なった犯人は、しだいに夜が明けて来るのに不安をおぼえて、花巻あるいは北上あたりから脇道に逸れた……」

異論者が黙ったので、佐竹はふたたび自論の独走をはじめた。

「しかし、犯人は、いや被害車両はたしかにタコグラフのしめす通りに予想地点を走ったのでしょうか？」

また変なことを言いだして、佐竹の独走を阻んだ者があった。先刻、〝小用停止〟を問題にした大船渡署の若い刑事であった。青柳《あおやぎ》というその刑事は、初めて重大事件の捜査本部に投入されて、張り切っているらしい。

外勤から回されて間もないのであろう。まだ童顔が残っている。

「そりゃどういうことかな？」

佐竹は、こざかしくも自分の前に立ちふさがった〝青い刑事〟に、まったく好意のない白眼を向けた。だが青柳は音に聞こえたオニタケに直接質問されてますますハッスルした。

「つまりです。タコグラフの記録どおりに走っても、被害車両とまったく同じに走れるとはかぎりません。犯行当夜とはいろいろな条件が微妙にちがうとおもうのです。微妙なちがいの積み重なりが、犯行現場を狂わせてくるのではないでしょうか。4号線沿いの聞き込みや検問においても、似たような車を見かけた者はあっても、たしかに被害車両を目撃したという者はいないのですから、予想地点に頼りすぎるのは、危険だとおもいます」

青柳は話しているうちに自説に酔ってしまった。自分でも鋭い着眼だとおもった。どうして捜査のベテラン揃いが、こんな重要で簡単なことに気がつかないのか、不思議であった。

だが佐竹は鼻の先で笑って、

「それじゃあ聞くが、他にどんな方法があるのかね？」

「そ、それは……」

反問されて、青柳はたちまちつまった。

「たしかに指摘のとおり、予想地点は、あくまで予想地点であって、被害車両の現実の走行地点ではないかもしれない。しかし同一状況にしての実験走行は、かなり被害車両の走行に接近していると考えられます。またこの走行想定表によれば、犯人が気仙郡の山中に牛トラを乗り捨てたのは、午前六時十八分三十五秒になっています」

佐竹は視線を青柳から村長の方へ転ずると、

「車と牛を放置した犯人は、その後どうしたでしょうか？　まさか歩いたわけではないでしょう。また被害者の死体が気仙沼湾において午前九時三十分に発見されている事実を忘れてはなりません。死体が水中にあった時間は、精々一、二時間と見られています。すると、午前八時前後には気仙沼湾に投げ込まれたことになります。犯人は死体をタコグラフのしめす終停止の午前六時十八分から二時間足らずの間にどのようにして気仙郡の山中から、気仙沼湾まで運んで行ったのか？　まさか死体をかかえてヒッチハイクをしたわけではありますまい。当然、犯人も車をもっていたことが考えられます。しかも犯行後は、犯人が被害車両を運転したのですから、その車は共犯者が運転しなければならない」

　会議の出席者から期せずしてホーッとため息がもれた。共犯者の存在は、被害車両が発見されたときから予想されていた。だが、タコグラフの解析結果が出るまでは正面から論じられていなかった。車の乗り捨てられた時間がわからない間は、犯人がべつの車を単独で手当てする可能性を生ずるからである。

　タコグラフのしめした時間は、共犯者の存在を明白に物語っている。だが、それを改めて佐竹から理路整然と説明されると、彼が稀有《けう》な名探偵のように見えてくる。

「すると被害者と犯人の足取りもおおむねわかってきたな」

　佐竹に言いくるめられた形の村長は、相変らず茫洋としてとらえどころのない表情で、佐竹説を補足した。

「被害車両が犯人に襲われるまで、脇道に逸れた可能性は少ない。平均時速四十キロ前後を維持していたことがタコグラフから証明された。すると犯行現場は佐竹君の言うとおり、十三本木峠付近と見てよいだろう。ここで被害者の車を停め、何らかの口実をつけて車外へ連れ出して殺害した。このあたりは人家も絶えて、昼間でも寂しい所だ。犯行時間と推定される午前一時ごろは、通行車両も絶えていただろう。

　犯行後、犯人の一人が被害車両に乗り移って、共犯者といっしょに出発した。途中紫波町で牛の売却を図ったが失敗、夜明けが近いので焦った犯人は、花巻もしくは北上付近から脇道へ入った。幹線の４号線をそのまま南下するのが恐くなったのだろう。花巻から283号線、北上からは107号線が派生している。どちらから行っても大してちがわないが、107号線には途中通行不能区域があるので、花巻から283号線を経由した可能性が強い」

「一つ質問があります」

青柳が手を上げた。張り切っているので、発言が多い。

「何だね?」

村長は彼に好意的な表情を向けた。彼は大船渡署から来た若いハッスルボーイに好感をもっていた。ようやく独り歩きをはじめた幼児が何事にも新鮮な興味をもつように、少しも悪びれずに対象に取組んでくる。この新鮮な初心を上手に育ててやると、いい刑事になるだろう。

村長は、青柳のせっかくの発言を、座の雰囲気を柔らかくするためとはいえ、「小便」で封じてしまったことを気にしていたのである。

「犯行現場を十三本木峠としますと、被害車両は三戸付近において一時間一分三十一秒というタコグラフ中、紫波町の次に長い停止をしていますが、ここで何をしていたのでしょうか?」

「解剖の結果、被害者の胃袋から食後二時間ほどのカレーライスが証明されている。おそらく三戸付近で食事を摂ったんだろう」

「すると、その少し前で一分二十三秒停まったのは何のためでしょうか？」

それをさっき村長は「小便」で説明したのである。そしてそれ以上に妥当な説明はない。

「だから小便だといったろう」

村長が、再度口を封ずるのは気の毒だとおもって黙っていると、佐竹がしつこいぞといわんばかりの口調で押しかぶせた。

「いえ、小便だと非常におかしなことになります」

青柳は佐竹の言葉を待っていたように気負い込んでいった。

「どこがおかしいんだい？」

「その五分ほど後には、食事のために一時間以上も休んでいるんです。小便ならそのときにいっしょにするはずだとおもうんです」

あっという声が何人かの口から漏れた。これはたしかに鋭い見方であった。ドライブ・インで一時間も食事休憩を取ったのであるから、小用もそのときに足したはずである。ところがタコグラフはその五分前に一分二十三秒の停止をしめしているのだ。

だが、佐竹は青柳の鋭い切り返しに少しも動ぜず、

「迫っていてがまんできなかったんだろう。用を足してすっきりした目に、終夜営業の

ドライブ・インの看板が入った。ちょうど腹もへっている。少し憩《やす》んでいこうかという気になっても、おかしくないよ」

せっかくの青柳の着眼がまた封じられてしまった。結局、その日の捜査会議によって、

①十三本木峠付近の集中検索

②三戸付近のドライブ・イン、レストランの捜査

③共犯者が運転していた車両の行方の追及

④紫波町付近の家畜商の捜査

を当面の方針として決定した。

十三本木峠は東北本線奥中山と小繫《こつなぎ》駅の間にある。この峠は北上する馬淵川と南下する北上川の分水嶺となり、モミやヒバの植林の高地となる。峠は、切り通しとなっていて、人家が絶えるが、峠の北側少し手前にドライブ・インもあり、深山のおもむきはない。峠の頂上には車が切り返せる程度の砂利を敷いた空地も切り開かれていて、ガレージのような小屋が建っている。

この峠を中心に岩手県警捜査一課、盛岡署および機動捜査隊約八十名は、草の根を分けるようにして検索した結果、峠の頂上より南寄り三十メートルの地点の道路東側溝に被害者が日ごろ愛用していた鳥打ち帽と大道陸運のネーム入りのタオルを発見した。

そしてそのタオルに、血と数本の毛髪をこびりつかせたタイヤ交換用具のバールが包

まれていたのである。タコグラフがしめしたとおり、犯行現場はまずここにまちがいなかった。

凶器に使用されたバールは、精密な検査にかけるべく鑑識に保存された。

一方、被害者が第一の大休止を取った三戸付近の聞き込みに当たったチームは、被害者が十七日午後十一時ごろ4号線沿いのドライブ・イン『南部藩』に立ち寄ったことを突き止めた。

4

紫波町の家畜商の聞き込みにまわったチームは、同町陣ヶ岡に住む家畜仲買人小室喜八郎から耳よりの情報を得た。

「十八日午前三時半でしたが、同じ町の同業者の安田圭造の時ならぬ電話に叩き起こされましてな、牛を買わないかと持ちかけられたのです。そのときなんとなく胡散臭《うさんくさ》い気がしたのですが、ホルスタイン成牛十五頭二百五十万といわれたので、もし本当なら掘り出し物だとおもって、とにかく物《ブツ》を見ようというと、間もなく安田が車で迎えに来ました。連れて行かれた所は奈良新田の廐舎で、安田のブースの中に十五頭のホルスタインがいました。いい牛《ベコ》でした。売手はカストロ帽に作業衣を着た若い男二人で、とても売り急いでいる様子でした。なんでも北海道から来たそうで、持ち主から買手を探してくれと頼まれたということです。

私はそのとき、ヤバい物《ブツ》だなと悟ったので、断わりました。私が安田と話している間、カストロ帽の二人はいつも私の方から顔を背けるようにしていました。買手にまともに顔を向けられないような売手にろくな者はいません。私は後で買わなくてよかったとおもいました。これまで黙っていたのも、あの二人から殺気のようなものをうけたからです」

「その二人のカストロ帽の人相特徴がもう少し詳しくわかりませんか?」

この捜査を担当した佐竹がたずねると、

「わかりません。とにかく厩舎は暗いうえに、まだ夜が明けていませんでしたから。その二人は陰の方にばかり体を寄せていました。きっと安田が二人のことをよく知っているかもしれません」

「その二人といっしょにいた時間が正確にわかりますか」

「安田から電話をもらったのが、三時三十分でした。時計を見たからまちがいありません。五分ほどして安田が車で迎えに来て、厩舎に二十分くらいいましたかね、買わないとわかったら、安田のやつ車で送ってくれないので、家に着いたら、四時三十分でした」

被害車両の紫波町付近における停止時間は、午前三時二分十二秒から四時二十四分十六秒までの一時間二十二分四秒間である。とにかく明るくなるまでに牛と沼沢の死体を始末しなければならない犯人の持時間《もち》は少ない。これは小室が正体不明の売手に厩舎に呼び出された時間にピタリと符合する。犯人が二人であることも、これで確認されたわけである。

犯人は犯行後、家畜商の安田に電話を入れる。安田は自分で買おうとしたが、金がないので、小室を斡旋《あっせん》したと考えられないか。いずれにしても犯人と家畜商安田の間にはなんらかのつながりがありそうだった。

ようやく頼もしい手応えのある太い糸口をつかんだ佐竹は、勇躍して家畜商安田圭造の住居へ向かった。

佐竹の訪問をうけた安田はなにも聞かれないうちから青くなった。いちじるしい反応だった。事件はすでに報道されている。彼は事件を知ってから、警察に届けるべきかどうか迷っていたのだろう。しかし佐竹の質問に対して、安田は、

「私も、二人を知らないのです。十八日の午前三時ごろいきなり家に訪ねて来て、牛を買ってくれといわれて、金がなかったもので同業の小室を紹介してやったのです」

と言い張った。

「被害車両のタコメーターは午前三時二分十二秒から紫波町における停止をしめしております。小室さんがあなたから電話をもらったのが三時三十分だといってます。この間

三十分足らずだ。もし初めての人間だったら、ここで当然、かなりの話し合いがあったはずです。それなのにあなたは、直ちに小室さんに紹介している」

「そ、そ、それは小室の時計が遅れていだが、やづが寝ぼげでいだんだ」

鋭く追及されて、安田はおもわず吃《ども》った。

「寝ぼけてねえ……安田さん、嘘《うそ》をいっては困りますね」

捜査員は安田の目をじっと見据えた。

「わすは嘘などいわん」

射すくめられたように視線をはずしながら、安田はまだあがいていた。

「タコメーターには紫波町の停止は一回しか記録されていない。あなたはいま十八日の午前三時ごろいきなり家に訪ねて来て、牛を買ってくれと頼まれたといった。しかし、小室さんが行った所は奈良新田の厩舎だ。そこに牛と二人の売手が待っていた。車は、直接厩舎の方へ行ったのだ。ということは、あなたと売手の間に事前の話し合いができていた証拠だ」

「そ、そ、それは……」

理詰めにされて、安田は言葉がつづかなくなった。

「安田さん！」

その一拍の間をとらえて、佐竹は浴びせかけた。

「これは殺人事件の捜査なんだ。あなたは二人の売手を知っている。その二人が被害者を殺して奪った牛を売りに来たのだ。事情を知っていて、隠し立てすると共犯になるぞ」

この調子で佐竹にかまされると、たいてい陥《お》ちてしまう。だが、安田はまだ抵抗をつづけていた。

「あの日三時ごろ奈良新田の厩舎から電話をもらった。大道陸運の沼沢さんから紹介されたといったので、話を聞いたんだ。沼沢さんには以前何度か牛を運んでもらったことがあったので知っていた。そのとき沼沢さんが殺されていたとは夢にもおもわなかった。美味そうな話だったので、とにかく物《ブツ》を見るために厩舎へ行った。物を見ると、一人では手に負えないとおもったので、小室を一口乗せることにした」

「一口乗せる？　それなのにどうしてあんたは一頭も買わなかった？」

「小室が逃げ腰になったので、私も急に恐くなったんだ。話が美味すぎるし、沼沢さんの紹介だといいながら、沼沢さんのことをあまり知らない様子だ。態度がおかしい。私もヤバい物《ブツ》はつかみたくなかったので、結局断わった。だから私はあの二人には関係ない。本当だ、わかってくれ」

安田は土下座せんばかりにしていった。佐竹はそのとき、安田が犯人らを知っているという心証を得た。知っていながら、恐怖が口に閂《かんぬき》をかけているのだ。このような場合、ゴリ押しをすると、ますます門をかたくしてしまう。

佐竹は、とにかく犯人の特徴だけでも探り出そうとおもった。

「平凡な顔で目立つ特徴はなかった。年齢は両人ともたぶん二十代、カストロ帽で長髪、茶色の作業ジャンパーと作業ズボンを着けていた。体形は中肉中背、言葉にも訛はない。どちらもめがねはかけていない」

という安田の陳述はまことに曖昧模糊《あいまいもこ》としていた。これではその辺にいるどの若者でも該当する。

「二人は被害車両のほかに、もう一台べつの車をもってきたはずだ。その車はどんな車だった」

「一トン半くらいの小型トラックがいっしょに来た。しかしナンバーは確認していない」

「ナンバーまで訊いていないのに、先まわりしてよく答えてくれるね」

「どうせ訊かれるとおもった。小型トラックは、厩舎からだいぶ離れた所に駐《と》めてあったので、初めは二人の車だとはおもわなかった」

「どうして二人の車だとわかった？」

「交渉がまとまらずに、二人が牛を連れて引き揚げるとき、一人がその車に乗ったので、わかったのだ」

「それから先、どこへ行くといっていた？」

「秋田の方にコネがあるので、そちらへ行くといっていた」

秋田だと車が発見された場所と逆の方角になる。この期におよんでも、安田は犯人を庇《かば》っているのかもしれないと佐竹はおもった。

「そのコネの一つがあんたなんだろう。どうやらあんたも叩けば埃《ほこり》が出そうな体だな」

「冗談じゃない。まじめに商売をやっています」

「まじめな商売人が、顔も名前も知らない相手と十五頭の取引きを夜中の三時に行なうのかね」

「………」

「まあいい、いずれあんたとは本部で見《まみ》えることになるだろう。首の根を洗って待っているんだな」

佐竹は、「鬼竹」の凄味《すごみ》をきかした笑いをもらした。

その後捜査会議において、安田圭造は犯人を確実に知っているという心証が強まった。佐竹は安田の逮捕状を請求すべきだと強硬に主張した。それを村長がなだめて、「安田と犯人の間につながりがあるなら、今度の取引きが初めてではないだろう。過去にも必ず何回か取引きがあったはずだ。それを探り出せば、おのずから犯人の身元が割れるかもしれない」といった。

その意見は大勢の賛成を得た。ここに安田に対して捜索令状が取られ、その居宅の捜査が行なわれ、家畜取引きに関するいっさいの資料が押収された。

切れたヒモ

1

鶴巻温泉は神奈川県中央部やや西寄りの秦野市域にある。「温泉」といっても、熱海や別府、あるいは山のいでゆのようなムードはなく、新宿―小田原間を結ぶ小田急線沿線の平凡な田舎といったところである。北面に低山ながら山を背負い、南は相模灘《さがみなだ》に向かって開いている。駅周辺に約二十軒ほどの旅館の建物が見えるのが温泉街ムードといえばいえる。

東京への通勤圏に入るので、この辺にも、親戚知人から八所借りして建てたサラリーマンの小住宅が目立ちはじめた。

「こちらの旅館の方が、浅間より安そうだな」

鶴巻温泉の駅前に下り立った針生刑事は、連れの対島に安心したようにいいかけて、浅間では無料に近い大割引きをしてもらったことをおもいだした。松本を朝の早い特急で発《た》って来たので、まだ午《ひる》をまわったばかりであった。

東京に近いわりに、旅館の造りも鄙《ひな》びている。「丹沢名物猪鍋《ししなべ》」の看板があちこちに見える。遊興や宿泊よりも、ハイキングや家族連れの健康なレクリエーションが主体になっているのであろう。

半沢つねから領置してきた手紙は、「玉泉館気付　田所尚和」となっている。

駅員に聞くと、改札口から山の方角を指さした。指の方角を追うと、「玉泉館」という看板が見えた。入母屋《いりもや》形式の瓦葺《かわらぶ》きの屋根の二階建てである。近づいてみると、かなり古びた建物である。背後にユニットを組み合わせたらしい新館が見える。

玄関へ入ると、ロビーの壁に猪《いのしし》やカモシカのものらしい毛皮が飾られている。帳場から鷹《たか》の剝製が三和土《たたき》にたたずんだ二人を鋭い目をしてにらんでいた。人影は見えなかった。

昼下がりのこの時間には客も少ないのか、建物全体が無人のように静まりかえっていた。

何度か空《むな》しく奥の方へ呼びかけて、ようやく返事が遠方にあった。廊下を人が伝う気配がした。

頰の紅《あか》いゴムまりのような二十歳《はたち》前後の娘が、前掛けで手を拭き拭き出て来た。

「いらっしゃいませ、ご予約の青木様ですか？」

彼女は二人をべつの客とまちがえたらしい。

「いや、べつに予約はしていないんだが」

「お食事ですか、お泊まりですか」

「どうせ泊めてもらうことになるとおもうけど」

「どうぞお上がりください」

こちらの用件を切り出す前にたたみかけられて、さすがの対島もたじたじの体《てい》である。

「まあとにかく上がろうや」

針生は、娘にすっかりあおられた形の対島に目で合図した。通された部屋は旧館の二階で、山の眺めがよい。しかし眺めだけで部屋の造作はまことに殺風景である。八畳の間の中央にはげちょろの黒塗りの卓子と、座布団が二枚、赤茶けた畳の隅にはこれまたはげちょろの衣紋《えもん》かけと、姿見、形ばかりの床の間には、なにやら前衛風の象形の墨で描いた煤《すす》ぼけた軸物がかけてある。よく見ると、樹木の上を一羽の鳥が翔《と》んでいるような構図である。

「鳥《からす》でしょうか?」

対島が、部屋の唯一の装飾である掛け軸に目を向けた。針生が近づいて、讃《さん》を読んだ。

「弧雁《こがん》帰山の図とあるよ」

「雁《かり》だったのか。烏とまちがえて、作者が怒るだろうな。ところで銘が入っていま すか」

「銘？　落款のことだろう。どれどれ五明天女と読めるな」

「天女が雁を描いたんですか。針生さん、そんな画家知っていますか」

「聞いたことのない墨画作家だよ。最近は日曜墨画作家が多いからな」

ちょうどそのとき、先刻の頰の紅い娘がお茶を運んで来た。

「お客さんは、墨画が好きですか？」

床の間の前に立って首をかしげていた二人を見て、娘は話しかけてきた。

「うん、まあね」

針生が曖昧な返事をすると、彼女はたちまち目を輝かせて、

「その画どうおもいます？」

「どうって、なかなかいいじゃないか、それぞれの線の味がよく出ているし、デフォルメもおもしろい」

烏と雁をまちがえたのだから、相当の歪形《デフォルメ》ではある。

針生がいいかげんなことをいうと、

「わあ、お客さんって、わかっちゃってるう！」

と娘はいきなり飛び上がった。そして紅い頰をますます紅くして、

「その画、私が描いたんです。自分ではよくできたとおもっているんだけど、目をとめ

てくれたのはお客さんが初めてよ」

「えっ、きみが描いたのかね⁉」

二人の刑事は、顔を見合わせた。いまさら雁を烏とまちがえたとはいえない。

「最近始めたんです。趣味の墨画のグループが市の成人学級にできてそれに入ったんです。その画は、先生から山や木や鳥のそれぞれの線質がとても個性的で、にじみの味がおもしろいと讃《ほ》められたんです。だから、表具師に裏打ちしてもらってお客様にもお見せしているんですよ。お客さんは、言葉はずうずう弁でいかさないけど、目が高いわ」

娘はいいたいことをいっていた。

それにしても「五明天女」とはご大層な名前である。針生がその由来を聞くと、

「私、ソロバンが得意なんです。だからご名算から五明、天女はわかるでしょう。今日はうんとサービスしちゃいますからね」

〝天女〟がいそいそと出て行った後で、対島が声をひそめて、

「なにが五明天女だ、指名手配のような顔をして」

「きみ、そんなことというもんじゃないよ、あれだけおだてておけば、こちらの聞き込みもやりやすいだろう」

娘は次に浴衣をかかえてやって来た。

「天女さん、ちょっと聞きたいことがあるんだがね」

針生は、そろそろと本題に入った。

「天女は筆名よ。富子《とみこ》といいます」

さすがに天女ではてれくさいらしい。

「お富ちゃんか。ところで田所さんという人知ってるかね」

「たどころ?」

「この旅館気付になってるんだが」

針生は例の手紙の表書きを見せた。

「ああエロ坊主!」

富子は顕著な反応をしめした。

「エロ坊主?」

「尚和という字を引っくり返すと、和尚《おしょう》になるでしょう」

「なるほど、しかしエロ坊主というのは、どういうことなんだね?」

「言葉どおりよ、とにかくいやらしいの。女の体にすぐ触りたがるし、いやらしい写真を見せたり、エッチな話ばかりしたり、女のお客さんが来ると、係でもないのに出て来たり、女にとても餓えていたみたいだったわ」

「女に餓えて?」

針生と対島は顔を見合わせた。それは田所が村井千秋から一方的に絶縁された状況を物語るものではないだろうか？　さしずめ富子は、その餓えの最も頻繁な被害者にされたのだろう。

「お客さんは和尚さんとお知り合いなんですか」

針生たちが田所の知己の場合を考えて、エロ坊主から昇格させていた。

「ちょっとね。田所さんはいまどこにいるかわからないかな。この旅館気付の手紙が返されてきたんだよ」

「お客さんが和尚さんに手紙を出したんですか？」

「いや、ぼくじゃないが、知ってる人から頼まれてね」

「女の人でしょう。和尚さんには、時々女の人から手紙がきていたわ」

「女から手紙が？　差出人の名前を見たことがあるかね？」

「いいえ、自慢げにこれでも女から手紙がくることがあるんだと、封筒をひらひらさせていたのを見ただけです」

「ところで、田所さんはいまどこにいるか知らないかな」

「それがわからないのよ、二カ月ほど前に急にやめちゃって、それっきりよ。どうせ馘《くび》になったんでしょうけど、はっきりした理由は知らないのよ」

「田所って人は、ここで何をやっていたのかね？」

「番頭さんよ、といっても、うちあたりでは客引きもすれば、調理や私たちの手伝いもするわ。まあ、いってみれば雑役ね」

「田所さんはどのくらいここにいたのかね？」

「さあ、私も臨時のパートで来ているので、詳しいことは知らないのよ。旦那さんを呼んで来ましょうか。でもお客さんはどうして、和尚さんのことをそんなに聞きたがるの？」

「私たちはね、警察の者なんだよ、ある事件の参考に田所さんの行方を探しているんだ」

「警察！　お客さんが？　こりゃ大変だわ、すぐ旦那さんを呼んで来ます」

慌てて立ち上がるのへ、

「お富ちゃん、あんまり大げさにしないで欲しい。ちょっとした事件の参考までに調べたいのだから」

と針生は手をあげて制した。間もなく富子は、旅館の主人だという坊主刈りの中年の男を引っ張って来た。この男のほうがよほど〝和尚〟らしい。

「これはこれは警察の方とも知りませんで、こんなむさくるしい部屋にお通ししまして。トミちゃん、すぐ新館の方へお移しして」

主人はしきりに恐縮して富子へ命じた。

「いや、ここで十分に居心地よくすごしていますから。我々はこちらの方が趣きがあって好きなのです。それより、田所さんの行方について……」

針生は主人を制して本題へ戻った。

「田所は、ひどいやつでして、実は馘にしたのです」

「馘に？」

「ええ、あの男には悪いくせがありましてな、帳場の金を時々ごまかすのです。まあ客のものに手を出さないうちに追い出してよかったですがね」

といいかけてから、主人は富子がかたわらで聞き耳を立てていたのに気がついて、

「富ちゃん、あんたは調理場へお行き、そろそろ夜の仕込みが忙しくなるころだ」

と追いはらった。

「どうしてそんな人間を雇ったのです？」

「しっかりした紹介があったものですからね」

「紹介？　田所はお宅へ紹介で来たんですか？」

主人に同調していつの間にか呼び捨てになっていた。

「そうです。以前うちで働いていたことのある村井千秋という仲居が口をきいたので」

「村井千秋がお宅にいたのですか⁉」

針生と対島は同時に言葉を発した。二人の反応に主人は少しびっくりしたらしい。

「秋ちゃんをご存じでしたか？」

「長野県の浅間温泉で働いていたでしょう」

「そんなことを、田所が話していましたが、どうしてあんな優《い》い女に田所のような悪い虫がついたのかわかりません。秋ちゃんの口ききがなかったら、とうに馘にしていましたよ」

「村井さんと田所はどんな関係だったのですか？」

「ヒモですよ。彼は秋ちゃんのヒモだったんです」

「どういういきさつで村井さんや田所がお宅へ来たか、そしてまたなぜ二人がやめたのか、その辺の事情をできるだけ詳しく話してくれませんか」

玉泉館の主人は、まだ村井千秋が殺害されたことを知らない様子である。主人の話したところによると――、
村井千秋が初めて玉泉館へ来たのは、昨年の夏である。新聞の求人広告に応募して来たのである。主人の小島修治《こじましゅうじ》は一目見て彼女が気に入った。だが、当時女のお目見得泥がはやっていたので、即答を避けていると、貯金通帳を預かってくれという。差し出した通帳を覗いてみると、百万近い残額がある。彼女がそれを身元保証として差し出したのがわかった。

その臨機な態度に感心した小島は、通帳を返して彼女を採用した。彼女はよく働いてくれた。彼女目当てに客が来るようになった。いい人に来てもらったと喜んでいると、

半年ほどして急に辞めたいといいだした。将来、割烹《かっぽう》料亭のようなものを経営したいので、いろいろな所で修業をしたいという。女にしては立派な心構えであるし、玉泉館にいても、それほどいい〝修業〟にならないので、止むを得ず、暇を出したが、そのとき自分の代りにと連れて来たのが、田所尚和であった。村井千秋の紹介なので、信頼して採ったが、これが大変な食わせものだった。初めのうちこそ殊勝にしていたが、間もなく仕事はサボる、女にはチョッカイを出す、ついに帳場の金に手をつけるようになったので、小島も腹にすえかねて解雇した。

「しかし、もし田所が村井千秋のヒモであるなら、どうしていっしょに来なかったのでしょうね？　ちょうどすれちがいになっている。離れていては、ヒモとしての利益がまったくないとおもうのですが」

対島が疑問をさしはさんだ。

「私もそれを不思議におもっていたんです。秋ちゃんと離れていたので、田所は性的にもかなり餓えていたようです。しかし以前、夫婦同様に同棲《どうせい》していたことは事実のようです」

「それはどうしてわかったのですか？」

村井千秋は奥山省一と初婚である。それ以前の結婚歴のないことは、すでに戸籍簿をたどっての調査で確かめられていた。

「田所もそのように話していましたし、初めて彼女が田所を連れて来たときの二人の態度は夫婦同然の間柄のようでした」

「その二人がどうして別れて暮らしていたんだろう？」

その疑問には、主人も答えられなかった。村井千秋が田所に愛想づかしの手紙を送ったのは、浅間温泉からである。田所を玉泉館に紹介したころは、まだ二人の仲は決定的な破局に至っていなかったのであろう。

村井千秋の胸の内には、すでに田所と別れるべく素地ができていたのかもしれない。その準備として、彼女だけが浅間温泉へ行ったのか。かりにそうだとすれば、田所はどうして、自分の女が離れていくのをみすみす見送っていたのか？　玉泉館へ来たときも、彼らはべつべつであった。

〝別居〟はかなり以前、少なくとも「鶴巻以前」から行なわれていた。

逃げた女を追って来たのであれば、当然玉泉館でいっしょになったか、あるいは共に浅間温泉へ行ったはずである。

浅間温泉から、村井千秋が奥山と結婚するために田所の桎梏《しっこく》から逃げ出すまで、田所は自分の意志で彼女と別居していた状況がうかがわれるのだ。

この辺のところがどうもわからなかった。

「村井さんや田所はここへ来る前にどこにいたのですか？」

「それが関西の方にいたということですが、言葉に訛はありませんでした。詳しいことは……」

主人がいい渋った。ここにも浅間温泉と同じ様な事情があるらしい。

「本人がいいたがらなかったのですね」

「すみません。あまり根掘り葉掘り聞くと、せっかく来てくれた人に逃げられてしまうので」

主人は頭をかいた。

「しかし客の財産や、おおげさにいうなら生命まで預かる旅館の従業員の身元が、どこの馬の骨ともわからないというのは、物騒な話ですな」

対島が皮肉をきかした。

「私どもでは本人を直接見て決めますので」

「そのめがねに狂いはないというわけですか。しかし、まともな人間なら経歴を隠す必要はないとおもいますがね」

「べつに後ろ暗いことはなくとも、水商売の人たちには、あまり過去を話したがらない人が多いのですよ。刑事さんのような堅いご職業の人にはわかってもらえないでしょうが、水商売というだけで、肩をすぼめるようなところがあるのです。旅館やホテル、モーテル、バー、キャバレー、ボウリング場、パチンコ屋のような所で従業員にうるさいことをいってたら、みんな労務倒産をしてしまいますよ。水商売というのは、履歴書、身上書なし、過去いっさい不問で、水のように流れる、それも低い方へ流れるからでもあるのです。商品が水のようなものであるばかりでなく、従業員も水に似ているんです」

そういわれると、刑事には反駁《はんばく》できなかった。少なくとも、刑事は水商売ではない。

「鶴巻以前」の村井千秋と田所の消息は、まったくわからなかった。かりにそれ以前に辿れたとしても、竹の節のように、それぞれの過去が節毎《ごと》に閉塞されているのだろう。

「村井さんは、お宅をやめた後、田所によく逢《あ》いに来ましたか?」

対島は質問の鉾先《ほこさき》を変えた。

「いいえ、それが来た様子はありません」

「ここへ来なくとも、外で会ったという様子は?」

「田所はどこへいくともいわずによく外出しましたが、外泊したことはありません。時間もそれほど長くありませんから、秋ちゃんと会っていたとはおもえません。それに秋ちゃんが帰って来れば、私たちの目から隠れる必要はないはずです」

「田所のほうで逢いに行った様子はありませんでしたか?」

「ありませんね、とにかくうちに来てから外泊したことはないのです。松本まで日帰りは無理でしょう」

「まさか飛行機で行ったのではないでしょうからね、またせっかく行ったのに日帰りするはずもない」

結局、村井千秋と田所の〝別居〟の理由はわからなかった。田所の行方も、七月の末に玉泉館を追い出されてから杳《よう》として絶えていた。田所が、まず行った場所は、わかっている。彼は、村井千秋の許《もと》へ行った。ところがそのときすでに彼女は、奥山の所へ逃げた後であった。

「田所の写真が残っていませんか?」

対島は未練げに聞いた。

「お客さんが玄関で従業員と撮った写真を送ってくれたことがありますが、探せばそれがあるかもしれません」

主人は、気軽に立ち上がると、間もなく一枚の手札判程度のカラーの印画をもってきた。宿の玄関の前で数人の男女が写っているスナップである。例の〝天女〟の姿も見える。

「やめる二カ月ほど前のものですがね、いちばん右端にいる半てんを着た男が田所です」

主人は写真の一角を指さした。そこに二十七、八と見えるやせ型ののっぺりした男が立っていた。背丈は普通で、人相にも特徴はない。天女が「エロ坊主」と決めつけた生臭さは、写真からは感じられなかった。

「この写真をしばらくお借りできますか」

「どうぞ、そのつもりでもってきたのですから」

結局それだけが唯一の収穫といいえばいいえた。

2

その夜玉泉館へ泊まった二人は、失望に打ちのめされながらも、明日からの方針について協議した。田所の行方がわからない以上、ひとまず青森へ帰る以外に方法はなさそうであった。

「針生さんは、田所をどうおもいます?」

対島が訊いた。頼みもしないのに宿がサービスにつけてくれたお銚子《ちょうし》でうすく頰が染まっている。

「大いに怪しいとおもうね、いや本ボシと考えてもよいだろう。早速、前歴の照会をしてみよう」

「ぼくも同感です。ただ本ボシとしてはちょっと腑《ふ》におちない点もあるんです」

対島は、銚子を振ってから、針生の盃《さかずき》に酌《つ》いだ。

「二人が別居していたことだろう」

「そうです。別居していたヒモが、なぜ追いかけていって殺すほど逆上したのか？」

「そこがおれにも解せない。彼らは別居中、時々逢っていた様子もない。田所は女に餓えていたようだったと宿の主人はいっていたが、彼と村井千秋の間はなんとなく淡泊な感じなんだ。ヒモと女の関係って、もっとどろどろしたもんじゃないのかな」

針生は、対島が酌いでくれた盃をチビチビ舐《な》めながらいった。

「そうですね。私はヒモになったことがないので断定できませんが、別居していたくらいだから、〝切れたヒモ〟という感じですね」

女とヒモがなにかの事情があって別居していたとしても、その間まったく没交渉というのはおかしい。そしてそれほど淡泊、あるいは冷淡な仲になっていたのであれば、結婚した旧《ふる》い女を追いかけていって殺すはずがない。

この辺のところに本ボシと断定することを阻む疑問があった。

「村井千秋と田所は、鶴巻へ来る前は同棲していた様子だった。それがまず村井一人が先にここへ来て、後から田所が来て彼女と入れ替った形だ。すると別居しなければならない事情は、ここへ来る前、それも直前に発生したようだね」

「いったいこの二人、鶴巻へ来る前にどこで何をしていたのでしょう？」

「わからんね、とにかくまともなことではなさそうだ」

針生は、先刻玉泉館の主人が言った水商売の〝定義〟をおもいだした。

——低い方へ流れるから水商売か——

悲しい定義だとおもった。しかし出口を失った水は、一時的に逆流することがある。忌まわしい過去から逃れるために、同じ〝水〟ながら、少しでも汚濁のうすい方へ逃れて来たのではなかろうか。

鶴巻へ来る前に、二人には別居しなければならない事情が生じた。それはいったい何か？　過去が一節毎に断絶されているので、たぐりようがなかった。

「しかし玉泉館を馘になると同時に、田所は村井千秋を浅間温泉へ追って来ている。半沢つねに彼女の行方をしつこく問い糺《ただ》している。これを見ても、田所が村井千秋以外に頼る人間がいないことをしめしている。つまりヒモは切れていないことになるよ」

「そうなんです。別居中まったく没交渉でいた二人が、男が居場所を失うと、早速、女の所へ駆けつけた。どうも変ですねえ」

「とにかく田所というやつは、被害者の身辺に浮かんだ最も胡散臭い人間だ。決して無視できないね」

「それにしても田所が本ボシだとすると、やつはどうやって村井千秋の居所を探り出したのでしょう」

「対島君、それだよ！」

針生は、突然高い音をたてて、盃を卓の上に置いた。

「どうしたんですか？」

対島が少しびっくりした目を向けた。

「村井千秋は、田所から逃げ出すにあたって完璧に行方を晦《くら》ました、――はずだ。だから半沢つねさえ、彼女の行方を知らず、差し戻されてきた手紙を預かっていた。もし田所が犯人なら、村井千秋が完全に晦ましたはずの行方をいとも簡単に探しだしたことになる」

「なるほどそうか。彼はどうやって彼女の行方を探り出したんだろう？」

「少なくとも浅間温泉の銀嶺閣や、この玉泉館では、村井千秋の足跡は消されている」

「それ以外のどこかに彼女の足跡が残されていることになりますね」

「そうだよ。田所はどこからか、彼女の足跡を見つけ出したんだ。もし、田所の周辺に村井千秋の足跡が残っていれば、彼が本ボシということにならないかな」

「針生さん、村井の生前の生活関係を洗い直す必要がありますね」

対島の目が光ってきた。

「その足跡は、そんなに難しい所に隠されていたとはおもえない。村井千秋は完全に消したつもりでいたが、どこかに盲点があったんだ」

「もう一度浅間温泉へ行きますか」

「どうやら、その必要がありそうだな」

二人の意見が一致したとき、サービスの銚子が空になっていた。

3

銀嶺閣ではふたたび舞い戻って来た刑事にびっくりした様子だった。

「村井さんが移転先を残しそうな所の心当たりはありませんか？」

二人はまたなにか新しい事件でも起きたのかと恐る恐る出て来た支配人や半沢つねに訊《たず》ねた。もちろん住民基本台帳には登録していない。選挙はすべて棄権していたそうである。もっとも、それは村井千秋だけのことではなく、渡りの水商売の人間に共通している現象であった。地元の郵便局にも転居先は届け出ていない。

これらの場所は前回来たときにすでに捜査ずみであった。

「どんな些細なことでもいいのですが、村井さんの転居先について手がかりになるようなものはありませんか」

刑事は必死に食い下がった。

「そうおっしゃられましてもねえ」

支配人と半沢つねは困惑の体だった。

「荷物などは、どのようにして運んだのですか？　運送屋に頼んだのでしょう」

「そんなあなた、運送屋なんておおげさなものは必要ありませんわよ。スーツケース一つだけなんだから」

宮地佐和子が苦笑いをした。刑事らは、村井千秋がスーツケース一つ下げて銀嶺閣へ来たといった支配人の言葉をおもいだした。

「借金なんか、全部払っていったんでしょうね？」

未済の債権者に居所を教えていく可能性があった。

「あの子はそういう点はキチンとしていたようですよ、ねえおつねさん」

支配人は、かわたらに小さくなっていた半沢つねに同意を求めるように声をかけた。

「はい、それはもう几帳面《きちょうめん》で、貸したほうが忘れていたような小さなお金までもおもいだして返していきました。いつでしたか、非番の日二人で松本へ買い物に行ったとき、寮へ帰るのが少し遅くなったので電話したんです。そのとき秋ちゃん小銭の持ち合わせがなくて、私が出したんですけど、それすら、あれは自分がかけたのだからと、すっかり忘れていた私に返していったくらいです」

支配人のそばで固くなっていた半沢つねは、発言を求められて、重い口を動かした。

だがそれだけに信憑性《しんぴょうせい》が感じられる。

ちょうどそのとき刑事らに最初に応対した番頭が、数冊の本を支配人室へもって来た。

支配人が定期的に購読しているものらしい。

「ああ、番頭さん」

宮地佐和子が刑事から番頭の方へ目を転じて、呼び止めた。番頭が立ち停まって小腰をかがめる。

「この『月刊ホテル時代』は、来月からやめるわ。お先走った理論ばかりで、ちっとも役に立たないから」

と彼女はグラフ誌のような大判の雑誌を取り上げて、脇へのけた。

「かしこまりました」

番頭は、最敬礼をして出て行った。それだけのことだった。それが対島の停滞した思考にある刺戟をあたえた。

「村井さんは月賦で買ったような品物はありませんでしたか?」

月賦販売の最大の泣き所は、買手が代金を完済しないうちに居所や住所を変えてしまうことである。買手は移転に先立って販売者に新住所を連絡するようなことはまずしない。ほとんどが移転を奇貨として、未済代金を不法利得してしまう。また中には移転を見越して大きな月賦契約をする者もある。一回めの割賦金を払っただけで、商品とともにドロンをする。こうなると、最初から詐取しようという意志があるから詐欺である。

月賦は、このようなリスクをあらかじめ代金の中に盛り込んでいるから、一括払いより割高になる。

だが、もし村井千秋のような几帳面な人間が月賦で物を買い、代金を完済していなければ、必ず売手に移転先を連絡しているにちがいないと、対島は考えたのである。

「いいえ、秋ちゃんは月賦なんか嫌いでした。自分のものになりきっていないものをもっていると、気が気でないと言ってました。むしろ反対に分割して払ってもいいような代金まで、一度に払っていました」

半沢つねは、対島のせっかくの着想を打ち砕いた。

「そうですか」

処置なしというように、二人の刑事が肩を落としたとき、

「でも月賦の逆のようなものは買ってましたよ」

と半沢つねがふとおもいだしたようにいった。

「月賦の逆って何ですか？」

落ちかけた刑事の肩が少し元へ戻る。

「何ていうんでしょうか、毎月、いろいろな道具が送られてくるのです」

「何の道具ですか？」

「お菓子をつくる道具だといってました。初めにお金をまとめて払うと、毎月一回、セットになった道具が送られてくるんです」

「それ、頒布会のことじゃないの？」

宮地佐和子が口をはさんだ。

「はんぷ会？」

刑事が聞きなれない言葉に支配人を見ると、

「そうそう、そんなことをいってました。お菓子の道具セットの他に、いろいろな食器や花器や縫いぐるみ、エプロン、レコードなどのセットもあるんですって。お料理のカードの頒布もあるっていってました。お菓子が終ったら、そのカードを申し込むんだと話していたのをおぼえています」

半沢つねが言葉を追加した。

針生は、犯行現場に初めて臨場したときの模様をおもいだした。現場で踏みにじられていたケーキに彼が関心をもつと、奥山が、

「家内は洋菓子づくりが得意で、洋菓子道具のセットを揃えて、いろいろなケーキをつくってくれた」

と目をしばたたかせた。

あの道具が頒布会で買ったものだったのだ。針生はふたたび引いてきた糸をたぐり寄せるように、

「それで村井さんが菓子道具セットの頒布販売を申し込んでいたというのですね」

「はい」

「それで、その道具はここをやめる前に全部届いていたのですか？」

「いいえ、まだ五回ほど残っていると言ってました」

「代金はすでに払ってあるんですか？」

「申し込んだときに全部払ったそうです」

「それだな」

二人の刑事はたがいの目を覗いてうなずき合った。頒布販売は食器や茶器などのセットを何回かに分けて販売する方法である。たいてい一カ月に一度の割で商品を届けて、一年くらいでセットが完成する。完成セットの美しさや豪華さを広告して、買手を募る。買手にセットの完成時の期待をもたせ、商品が少しずつ揃っていくのを楽しませる新手の販売方法である。

申し込み時に一括して代金を払い、品物が分割して送られて来るところから、半沢つねは月賦の逆と言ったのだろう。

女が代金支払い済みのセット品の一部を残したまま行ってしまうとは考えられない。しかも、一部でも残せば、セットは完成しないのだ。中途半端なセットなどは、村井千秋のような几帳面な性格の女性にとっては、まったくないほうがよいだろう。いや彼女にかぎらず、セットが完成しなければ、頒布販売を申し込んだ意味がまったくなくなる。

村井千秋は頒布販売の主催者に移転先を残していった可能性がある。

「それで、村井さんが取っていたという菓子道具の頒布元はわかりますか？」

針生が、弾みかかる声を抑えて訊いた。

「新聞の折込み広告でよく見かけます。つい最近も見かけた記憶があります。あれ、これは秋ちゃんが取っていたのと同じ道具だなとおもったことがありますから」

「その折込み広告は残っていませんか」

「つい二、三日前のことだったから、探せばあるかもしれません」

「ぜひ探してください」

「それがお役に立つのですか?」

「役立つどころか、村井さんを殺した犯人を探し出せるかもしれません」

「それだったらおつねさん、ぜひ探し出してちょうだい。人手が要りようなら、だれかヘルプを付けてあげるわ」

支配人の宮地佐和子もすっかり協力的になった。

半沢つねは間もなく一枚の色刷りの折込み広告を手にして引き返してきた。その表情を見て、目指すものを見つけたのがわかる。

「ありました。たぶんこれだとおもいます」

猟犬がとらえた獲物を主人に差し出すように、折込みを得意満面で刑事の前に置いた。

そこにはいかにも女性の購買意欲をそそるような美麗なセットがカラフルに刷られてある。「洋菓子入門＝大商趣味の友頒布会長野支部」と主催者の名前があり、プリン、パウンドケーキ、レアチーズケーキ、エンゼルケーキなど各種ケーキの抜き型や計量カップ、粉ふるい、粉つぎ、ステンレスボールなどが一ヵ月一回、十二回で完結するセットになっている。その洋菓子道具セットの中には、たしかに針生が奥山家の食器戸棚で見たものと同じ型のものがあった。

村井千秋は、ここに足跡を残していったにちがいない。田所が、どうして彼女が洋菓子入門セットの頒布会に入っていたのを知ったかという疑問は残るが、ふとした会話か、手紙の端に漏れた可能性は十分に考えられる。

刑事は、ようやく次の目標を見つけた。

4

「大商趣味の友頒布会長野支部」は、長野駅前の信州屋デパートの中にあった。二階のギフト券売場の隣りに、旅行会社のようなカウンターを出している。本社は東京の池袋にあるが、この支部で県下の頒布を取りしきっている。

松本から列車で来た刑事たちは、休みもとらず、支部へおもむいた。

「浅間温泉銀嶺閣従業員寮から『洋菓子入門セット』を申し込んだ村井千秋、新姓奥山千秋の転居先を問い合わせてきた者はいないか」というのが聞き込みの要点である。

最初に刑事に応対したカウンター係の女性が二人の身分を知ると、慌てて奥へ引っ込み、やや先輩の婦人を連れてきた。「女史」といった感じの婦人である。

「私が支部長の三上静枝《みかみしずえ》でございます」

彼女は名刺を差し出して、二人を奥の部屋へ招じ入れた。ビジネスホテルのシングル程度の小部屋で、壁に長野県の全図と、おそらく販売成績をしめすものであろうグラフが余す所なく貼られている。カウンターにいた若い女が茶を運んで来た。他に人間はいないらしい。いても外まわりをしているのだろう。

もし田所が問い合わせてきたとすれば、彼女ら二人の中《うち》のいずれかが知っているはずである。

「おたずねの件ですが、たしかにそういう問い合わせをしてきた人があります」

三上静枝は、ポイントを得た返事をした。さすがに支部をまかされているだけあって、刑事の最も知りたいことを無駄のない言葉で答えてくれた。

「やっぱりありましたか」

能率的な反応に刑事は喜色をうかべて、

「それで問い合わせてきた人間は、この男ではなかったでしょうか？　ここに写っている男です」

と田所の写真を差し出した。まだ問い合わせ人が、直接来たのか、電話で聞いてきたのか確かめないうちに、刑事のほうも、打てば響くような相手の反応に、つい質問の手順を省略した。だが、それが近道になった。

その写真をじっと見つめた三上は、

「特徴のない人でしたから、断言できないのですが、たぶんこの人だったとおもいます」

とうなずいた。

「それはいつごろのことですか？」

「八月の末ごろだったとおもいます。村井千秋さんという方の転居先をしつこく聞きました。村井さんからは、葉書で、結婚して転居するので八回めの頒布からは新住所へ送るようにと連絡をうけていたばかりだったので、よくおぼえていたのです。でも、この人には教えませんでした」

三上静枝は、いい終ると、気の強そうな唇を、キッと結んだ。その口は、いったん閂が下ろされたら、テコでも開かない感じだった。

「どうして教えなかったのですか？」

「もともとお客様のご住所は伏せておく建前になっていますし、それになんとなくいやな感じがしたものですから」

「いやな感じ？」

「住所を教えると、なにか村井さんによくないことをしそうな感じがしたんです。私たちはお客様本位ですから」

たしかに最悪の事態が村井千秋の身に発生した。支部長の予感は正しかったわけである。しかしここで田所が村井千秋を追う糸は絶たれた。同時に刑事の追及の手がかりも切れたことになる。

「あなた以外の人から村井さんの住所を聞き出したとは考えられませんか」

対島はカウンターにいる女の子の方に視線を走らせた。

「考えられません。お客様のご住所は、私たちの財産です。一つのシリーズが終っても、べつのシリーズにつながる可能性があります。同業者も知りたがっているので、私が厳重に管理していて、私のいないときはロッカーに保管しています」

「頒布の商品は、こちらから送るのですか？」

「いいえ、東京の本社が支部からもらった伝票に基づいて発送します。でも本社ではコンピューターシステムによる選品と発送形式をとっていますので、特定のお客様の名前をいわれても答えられません」

「つまり、伝票番号で処理されているわけですか」

「私どもでは処理という言葉を使っていませんが、そのほうが正確で迅速ですから」

「しかし番号と客名の関連があるかぎり、調べようとおもえば調べられるのでしょう」

「名前によってファイルされていませんから、事実上不可能ですね。そういう問い合わせは、すべて取扱い支部にまわしてきます」

するとけっ局、田所は、村井千秋の行方を知り得なかったことになる。

「でも同じお客様のご住所をすぐ後から聞いたべつの女の人がいました」

失望の淵《ふち》に沈みかけた刑事に救いの手を差しのべるように三上静枝は意外なことをいいだした。

「べつの女が？」

「それでその女には教えたのですか？」

二人はほぼ同時に聞いた。村井千秋の行方をたずねてきた人間は、たとえ女でも見すごしにできなかった。

「こちらにはお教えしました。なんでも村井さんのお友達とかで、村井さんから私たちの頒布会を紹介されたと言ってみえました。南部鉄器のシリーズに入会を申し込まれました。そのとき、村井さんに借りたままになっている本を返したいのだが住所がわからなくて困っている、もしこちらでわかるなら教えてもらえないかといわれまして、つい教えて差し上げました」

「頒布会の入会をわざわざやって来て申し込む人がいますか？」

「めったにありません。ほとんどが新聞の折込みや街頭で配ったパンフレットの返信用葉書で申し込んできます」

「その女の人は、わざわざやって来て申し込んだのですな」

「そうです。でも、初めの一回の頒布で止めてしまったのです」

「えっ、一回だけで止めた？」

わざわざ頒布会の主催者の許まで来て入会した熱心さにしては、早く冷えたものである。その矛盾がきわ立っていた。

「それはどんな女の人でしたか？」

「四十前後のごくふつうのおとなしそうな主婦でした。ですから、私も村井さんの住所を教えたのですが、いけなかったでしょうか？」

支部長は心配そうな顔つきになった。もしかすると、その女は田所の手先かもしれない。入会時の熱意と、冷却の早さを見ても、その疑いは強い。

「いや、あなたに責任はありません。それでその女の名前と住所はこちらに残っていますな」

「はい、入会されましたので」

とにかく一回だけでも商品を頒布しているのである。

「教えてください」

対島は、早くもメモを手に構えていた。

5

埼玉県上尾《あげお》市大字《おおあざ》小敷谷《こしきや》八四五の一番地　西上尾第一団地第四街区三号棟二百二十×号室　高田光枝《たかたみつえ》

それが頒布会の支部長から聞き出した名前と住所である。埼玉県には大商頒布会の支部がないので受け付けたと長野の支部長はいったが、上尾なら池袋の本社へ直接申し込んだほうが早い。彼女はわざわざ埼玉県から長野まで出かけて来て申し込んだ頒布を、たったの一回で止めてしまったのである。

「もし高田光枝が田所の手先だとしたら、いったいどういう関係でしょうかね？」

よい列車の便がなかったので、長野に一泊した後上尾へ向かう信越線の車内で、対島がいった。

「そうだなあ、まさか自分の女は使えまいからなあ」

田所が犯人ならば、村井千秋は彼の情婦である。情婦の行方を探すのに、べつの情婦を使ったとは考えられない。また第二の情婦がいれば、村井を殺すほど逆上しなかったであろう。

「きょうだいということは考えられませんか」

「そのセンがいちばん近いだろうね、肉親ならば口もかたいし」

「しかしそうだとすると、たとえ高田光枝が田所の居場所を知っていても、簡単に口を割らないかもしれませんね」

「まず上尾の住民基本台帳を当たってみよう。団地に住んでいるくらいだから、住民登録ぐらいしているだろう。戸籍から田所との関係がわかるかもしれない。ひょっとすると田所は、高田光枝の家に潜んでいるかもしれないぞ」

「高田光枝に当たる前に近所を当たる必要がありますね」

話し合っている間に列車は上尾へ着いた。ここも東京の人口膨張によって出現した新興のベッドタウンである。これから向かう西上尾第一団地とともに、同第二、尾山台、原市《はらいち》とマンモス団地を四つ市域にかかえている。

市の人口約十四万五千の中、団地の全人口は約四万であり、その住人の大半が東京に勤めをもっているところを見ても、東京の〝寝場所〟としての市の性格がよくわかる。団地ができる以前は中仙道に沿った埃っぽい宿場町であった。市制がしかれたのが、昭和三十三年の七月、機械工業や食品工業の工場が誘致され、住宅地化も急速にすすんで、この十年の間に人口も約三倍に増加したという。その増加の中核に団地があることはまちがいない。

二人はここで手分けした。針生は市役所をあたり、対島は田所の写真をもって高田光枝の家の近所をまわった。二時間ほどして落ち合った彼らは、たがいの収穫を披瀝《ひれき》し合った。

「住民基本台帳をあたったところ、旦那の名前は高田邦夫《くにお》、光枝との間に十三歳と八歳の男と女の子供がいる。旦那の本籍は岡山だが、そちらを当たらないことには光枝の本籍はわからない」

住民基本台帳は、転入届を出してきた住民の氏名、住所、出生年月日、世帯主、および世帯主との続柄、転入年月日、本籍地などが記載されているが、戸籍簿における身分関係はわからない。

だがいまは、岡山にある光枝の夫の戸籍から、彼女の戸籍をたぐり、田所との関係を確かめている余裕はなかった。

「おれのほうは、収穫らしい収穫はなかったが、きみのほうは、何かわかったかい？」

「私のほうもあまりはかばかしくないんですよ」

対島は耳の後ろをかいて、

「近所に聞き込みをしたところ、高田光枝の家に田所がいる気配はありません。旦那は大宮の銀行に勤めていて、あとは中学校と小学校へ行っている息子と娘が二人いるだけです」

高田家の家族構成は、住民基本台帳からもわかっていた。２ＤＫの団地のすまいでは、四人の家族のほかに大の男の居候を置けば、すぐにわかるだろう。

「本人を当たってみますか」

対島が年長の意見を仰ぐように顔を覗いた。

「そうだな」

とうなずきかけて、針生は判断をためらった。高田光枝が単に田所の道具として使われた場合はともかく、もし彼らに共謀関係があれば、刑事の来訪は直ちに田所に筒抜けになってしまう。共犯でないまでも、田所からその住所を探れと頼まれたか、命じられた村井千秋が殺されたことを知っていれば、刑事に対してなんらかの反応をしめすはずであった。その反応を見たくもある。これは一つの賭けであった。

「いまなら主婦が最も家にいる時間帯だろう」

針生が腕時計を覗いた。ちょうど午後三時をまわったところであった。もう少し遅くなると、夕食の材料の仕込みに出かける時間になる。

「よし当たってみよう」

針生が決断を下した。遅かれ早かれ当たらなければならない相手だった。

西上尾第一団地は、上尾駅から最も近い。といっても、バスで十分ほどかかる。ここに約三千百世帯一万一千人が住んでおり、第二団地の二千九百世帯一万人と合わせて、上尾市最大のマンモス団地を形成している。

その長たらしい住居表示を見ても、そのマンモスぶりが想像できる。団地は、刑事にとって、最も張り込み難い所である。すべてが整然と規格化されていて、張り込む場所がない。他人には無関心のようでありながら、異分子に対しては異常なまでに神経質である。一一〇番や一一九番急訴の最も多いのも、団地である。怪しい人間がうろうろしている、とパトカーを呼ばれて、せっかくの張り込みが失敗した実例がある。

「相手が留守だとやりにくいな」

針生が眉をしかめたのも並び立つ団地の建物から拒絶的な空気を感じ取ったからであった。高田光枝の家は、団地のほぼ中央の棟の二階にあった。

対島は一息大きく息を吸ってから、ブザーを押した。内部にすぐに気配が生じて、

「どなた？」

と警戒の響きを帯びた女の声が誰何《すいか》してきた。

すぐにドアを開けないのは、最近の団地やマンションの共通の現象である。そうするように最初に呼びかけたのは、警察でありながら、まず訪問者を疑う構えに、針生は索漠たるものをおぼえた。現代の都市は、人間の砂漠であった。

「警察の者ですが」

対島はまず身分を明らかにした。内側で息をのんだかすかな気配が聞き取れ、すぐに

ドアがうす目に開かれた。そこに中年の主婦の顔が心配そうに覗いていた。それが共犯者の〝反応〟であるかどうか、まだはっきりしない。

「警察が何か……？」

彼女がおずおずと問いかける。一見、小心な小市民の表情であり、とても凶悪犯罪の片棒をかついだ者の顔には見えない。

「田所尚和さんのことでおうかがいしたいことがありまして」

対島がいきなり核心に入ると、

「あの、また弟が何かやったのでしょうか？」

眉をくもらせて聞き返してきた。関係を隠そうともしていない。

「やっぱり奥さんの弟さんでしたか？」

「はい、弟が何をしたんですか？」

光枝は気がかりでならないらしく、一直線に訊いてきた。「また」と聞いたところを見ると、過去にもなにかやったらしい。田所の過去が意外に簡単にわかりそうな気配になった。

だがそれを訊く前にまず確かめなければならないことがある。

「ある事件の参考に、ぜひ田所さんに会いたいのですが、奥さんなら居所をご存じかとおもいましてうかがったのです。田所さんはいまどちらにいらっしゃいますか」

「風来坊なので、いつも転々としていますから、いまはたして同じ場所にいるかどうかわかりませんけれど」

「最近、消息のあった所はどこですか」

「電話番号を聞いておきました。なんでもそこへ連絡すればわかるようになっているとかで。東京の新大久保のホテルだそうです」

「その番号を教えてもらえますか」

抑えようとしても、声が弾みかかる。

「ちょっと待ってください。でも弟は本当に悪いことをしたのではありませんか？」

「いえ、ちょっとした事件の参考人として探しているだけです、どうかご心配なく」

電話番号を聞き出すまでは、彼らが抱いている疑惑は告げられない。ここまで追いつめながら、肉親の連帯によって、せっかく指先に触れそうになった手がかりを隠されては、救われない。――どうやら共犯ではなさそうだな――二人は目顔《めがお》でうなずき合った。

高田光枝は、いったん奥へ引っ込んでから、メモ帳を手にもって戸口へ引き返して来た。奥に人がいる気配はなかった。子供はまだ学校か外へ遊びに行っているのだろう。

「ありましたわ、この番号です。でもここのところ連絡していないので、いまでもここにいるかどうかわかりませんわよ」

対島は素早くその番号をメモした。

「ところで奥さんは、一カ月ほど前、長野市の大商趣味の友頒布会に南部鉄器のシリーズを申し込まれましたね？」

「よくご存じですわね」

光枝の表情が驚いていた。

「その折、村井千秋さんの転居先を聞かれたそうですが、村井さんとはどんなご関係で」

対島はさりげなく探りの鉾先を進めた。

「ああ、村井さんですか、実はあの人のことは弟に頼まれたのです」

光枝はなんでもないことのようにいった。二人の刑事の体に戦慄のような興奮が突きぬけた。この瞬間に田所尚和が犯人として初めて具体的に結像したのである。光枝はどうやら村井千秋が殺された事実を知らないらしい。知っていれば、彼女の行方を代って尋ねさせた弟に、疑惑を抱き、刑事の来訪をこれだけ冷静にうけとめられないだろう。

「何と言って頼まれたのですか？」

「あの、ここでは何ですから、どうぞお上がりになって」

光枝は、近所の目や耳を意識したらしく、中へ招じ入れた。中といっても2DKである。三人はダイニングキッチンのテーブルを囲んで坐《すわ》った。日本の家庭の消費生活の水準をしめすように、冷蔵庫やガスレンジや食器戸棚が狭いスペースをさらに狭くしている。

「奥さん、どうぞおかまいなく。我々は仕事ですから」

茶を淹《い》れる支度をはじめた光枝に、対島は話の先をうながした。

光枝は茶碗《ちゃわん》を二人の前に差し出しながら、

「村井さんとは将来を約束し合っていたそうです。それが急にいなくなってしまった。長野の頒布会が住所を知っているのだが、教えてくれない。姉さんが入会して聞けば教えてくれるかもしれない。村井さんを探し出せたら、今度こそ、自分も身をかためるつもりだというのです。それをすっかり信用したわけではありませんが、弟に早く落ち着いてもらわないと、私も主人の手前、肩身が狭いので、いわれたとおりにしました。村井さんは姓も変り、結婚した様子だったので、初めは住所を知らせずに、弟にあきらめるようにいいました。すると、弟はあきらめるけれど、本当に幸せになっているかどうか見届けたいから教えてくれとせがみましたので、つい教えてやったのです。それ以来、弟とは会っていません」

「弟さんはどんなご職業だったのですか？」

「それが、はっきりわからないのです。旅まわりの劇団に加わって、全国の観光地を転々としていたらしいのですが、お金に困ったときぐらいしか連絡してきませんので」

「郷里はどちらですか？」

「松江《まつえ》です」

「するとそちらに田所さんの本籍があるのですね」

「はい、たった一人の弟ですが、高校のころからグレてしまって」

「松江の方に、ご両親はご健在ですか」

「いいえ、母は、私たちの幼いころに病死しました。父はすぐ後添いをもらいましたが、義母は遊び好きのだらしのない女で、私たち姉弟は、いつも二人で手を取合って、泣いたり励まし合ったりしたのです。弟はそんなことからグレてしまい、高校を中退して、町へ来た旅まわりの一座に従いて行ってしまいました。私は幸いにいまの主人と結ばれて幸福になりましたが、弟のことだけが気がかりで。刑事さん、弟は本当に悪いことをしたんじゃないでしょうね？」

「あまりご心配なさらないように。ほんの参考までに探しているのです」

本当のことを告げるわけにはいかなかった。彼らが来たことを、田所に連絡されれば、これまでに引き絞った網からたちまち逃げられてしまう。

「それから、弟さんには我々の来たことを黙っていていただきたいのです。もし弟さんが疑心暗鬼にとらわれて姿を晦ましたりすると、なんでもないことをややこしくするおそれがありますから」

「わかりました。よろしくお願いします。弟は根は気の小さい心の優しい人間なんです」

高田光枝は、泣きだしそうな目で刑事を見た。玄関の方に気配があった。子供が帰って来たらしい。

6

『南里荘《なんりそう》』は新大久保駅の近くにある簡易旅館であった。そこが高田光枝から聞いた田所の連絡先である。一泊二百五十円で蚕棚のような一夜のベッドがあたえられる。いわゆるベッドハウスと呼ばれる大都会特有の簡易宿泊施設である。

二人は、田所がいるかどうかあらかじめ確かめなかった。電話で南里荘の所在地だけを聞くと、いきなり踏み込んでみることにした。一カ月前に消息があった場所にいまでもはたしているかどうか、はなはだ心もとなかったが、田所が高田光枝に言い残した言葉によると、南里荘に連絡すればわかるようになっているということである。ということは、同旅館にたとえいなくとも、なんらかの連絡手段が残されているのだろう。

「もし田所がいないときは、張り込むことになりますね」

「うん、しかしおれたちが行った後で、田所から連絡があれば、旅館がおれたちが追って来たことを話すおそれがあるな」

「旅館に口留めすれば……」

「はたしてどの程度に効くかわからないね」

「我々の身分を隠して当たったらどうですか」

「もちろん、初めはそのつもりだが、すねに傷もつ身ならば、ピンときて高飛びしてしまうかもしれない」

「旅館にしても警察からにらまれたら、商売がやりにくくなるでしょうから、きっと協力してくれますよ」

——そうだといいが——

と針生は口の中でつぶやいた。彼はいつか警察部内の雑誌で大都会の簡易旅館での聞き込み捜査の難しさを述べた体験談を読んだのをおもいだしていた。

この種の旅館では、警察に対してきわめて協力的なものと、その反対の二種類があるという。ベッドハウスの客は、人生の吹きだまりに集まって来た人間ばかりである。出稼ぎに来たまま、都会の毒素に冒されてずるずると居ついた人間、アル中、麻薬中毒患者、家出人、ヒッピー等、いずれも社会から疎外され、人生の裏街道に歩み入った人たちばかりだ。彼らの中には、もう一度表街道へ戻る機会を狙っている者もあるが、大部分は、そんな気力はとうに喪失している。危険な犯罪予備軍ともいえるが、本当の犯罪者もまぎれ込んで来る。ベッドハウスが犯罪の下相談の場所に使われたり、あるいはここで知り合った仲間から悪の道に引きずり込まれたりすることは多い。

旅館側も、犯罪の世界に隣接しているだけに、犯罪者にきわめて神経質な者と、シンパ的な所があるわけである。

南里荘が、そのどちらかわからないので、針生は不安だった。いずれにしても、田所が南里荘にいなければ、まだ当分は青森に帰れそうにない。

針生は陰鬱な野辺地の空を想った。寒冷と過疎の、いいところは一つもないような北端の「わが町」であるが、やはり彼にとってはそこがいちばんよかった。

こんな事件さえおきなければ、いまごろは署の小さな建物の中で軽微なけんか沙汰の調書でもめくりながら熱い茶をすすっているはずであった。そもそもこの事件も、よその土地から来た人間を、よそ者が殺したもので、地元のオリジナルな事件とは言えない。よその土地から来た人間が、勝手に野辺地の町を舞台に使って、凶悪犯罪を働いたのである。「傍《はた》迷惑」とはまさにこのことだ。だが、管轄区域内でおきた事件であるから「傍」などといっていられない。

「針生さん、早く目星をつけて、青森へ帰りたいですね」

対島も同じことを考えていたらしい。そういえば彼はまだ結婚一年のホヤホヤだと聞いた。青森の新居には若い妻が独り寂しく夫の帰りを待っている。

むしろ針生よりも帰りたいにちがいない。

――若いのによく頑張るわい――

針生は内心、感心していた。彼はそのとき対島の熱心さにおもい当たったことがあった。被害者は結婚一カ月の新妻である。対島は幸せの最中にある女をむごたらしく殺した犯人に、他人事《ひとごと》でない怒りと憎しみをかき立てられたのであろう。

新大久保で国電を下り、駅前のごみごみした飲食店街を通り抜けていく。小料理屋、スナック、バー、中華料理屋、マージャン屋などが軒を接している通りには、一日の勤めを終ったサラリーマンが家に帰る前に道草を食っていた。

空き腹に食物のにおいがしみるようだ。腹の虫がグーッと鳴いた。

「なにか腹に容《い》れていこうか」

郷愁を現実の空腹によって覚まされた針生が誘った。

「そうですね、腹がへってはなんとやらだ」

若い対島はなおさらだったのであろう。

「どうせなら身になるものを食おうじゃないか」

針生は漂ってきたうなぎの蒲焼《かばやき》のにおいに鼻をうごめかした。目についたうなぎ屋ののれんを、彼らはためらわずにくぐった。

針生は、特上のうな重を注文した。対島の驚いた目が、いいんですか、そんな豪勢なものを注文してと聞いている。

針生は、犯人に見《まみ》える前は、自分の及ぶところでできるだけ豪華なものを食べるようにしている。そうすることによって、自信がつくのである。安い〝自信代〟であるが、針生は映画や小説がつくり上げた格好いいスーパー刑事や、ツルシの背広とドタ靴の万年平刑事のイメージをひどく嫌う。現実の刑事は架空の世界のそれのように決して格好よすぎもしなければ、格好悪くもない。

――だが――彼は濃厚なうなぎの蒲焼のにおいに鼻をうごめかしながら（特上のうな重くらいで、えらい贅沢《ぜいたく》をしたような気がするのでは、やはり格好悪いかもしれないな）とおもった。

うなぎで腹をこしらえると、彼らは行動をおこした。いよいよ追いつめた獲物に見《まみ》える時機《とき》がきたのだ。

ちょうどそのとき店の帳場の電話《レジスター》が鳴った。

「南里荘さん、うな丼の上を三人前ですね、毎度ありい」

鉢巻をしたおやじが電話に応答した。刑事らは顔を見合わせた。一泊二百五十円のベッドハウスから、「うな丼の上」の出前を注文してこようとはおもわなかった。

「南里荘というと、そこの簡易旅館のことですか？」

対島が手探りするような口調で聞いた。

「そうですよ」

「案外金持が泊まっているんだね」

「旦那、簡易旅館だからって、馬鹿にしちゃいけませんや。ベッドは清潔だし、シーツだって毎日替えるんですからね。このあたりは新宿に近いんで、女房とけんかして飛び出して来たサラリーマンや、早い列車に乗る旅行者がよく泊まるんでさあ」

「へえ、簡易旅館がそんな風に利用されているとは知らなかったな」

「学割もあるよ。下宿にアブれた学生が、住みついているし、東京見物に来た連中はユースホステルより安くて気楽だって喜んでいます」

「南里荘から注文はよくくるのかね」

「やっぱり中華屋さんにはかなわねえがね、それでも競馬や競輪で当てて、懐のあったかいときは、よくあるよ」

「すると、定連の注文か」

「まあ、単泊の連中は注文しないね」

「どうだろう、おやじさん、南里荘の定連にこんな男はいなかっただろうか」

対島は田所の写真をしめした。

「ああ、こりゃあ和尚さんじゃねえか」

反応は直ちにあった。田所は名前を隠していない様子である。

「田所は、いま南里荘にいるのかね」

「田所という名前かどうか知らないが、よくうちへうなぎを食いに来たよ。二、三日前にも来たばかりだ。なんでも精をつけないと保《も》たない商売だといってたが、いったい何をしているんだろうな」

「彼はいつから南里荘に泊まってるんだね？」

「そうさね、この夏ごろから姿を見るようになったかな。あの種の旅館は出入りが激しいからね、その間もずっといたのではなくて、出たり入ったりしていた様子でしたよ」

刑事は、田所の南里荘へ来たころが、鶴巻から追われた後の時期におおまかに符合していることを暗算した。田所は、鶴巻から浅間へ行って、村井千秋が、彼を捨てて姿を晦ましたことを知り、大商頒布会からその行方を追って行った。その間の居所を南里荘においたのであろう。

そして犯行後も同じ場所に舞い戻って来ていたらしい。それだけ自分の韜晦《とうかい》に自信があったのか、それとも南里荘にいなければならない理由でもあったのか。いずれにしても、田所が犯行前の居所と同じ場所にいたことは、刑事らにとって大きな幸運であった。

「おやじさん、有難う」

二人は、鎖を解かれた猟犬のように、立ち上がった。

天国の先客

1

ドライブ・イン『南部藩』の証言によって、沼沢太助が十七日午後十一時ごろから約一時間立ち寄っていった事実が確かめられた。捜査員と南部藩の経営者との間に交わされた質疑応答は次のようなものである。

――そのとき沼沢さんは、独りでしたか、それとも、だれか連れがいましたか――

「いいえ、独りでした」

――沼沢さんが来たのは、初めてですか――

「いいえ、この店ができてから四年ほどになりますが、開店以来のおなじみさんです。4号線を上下する折には、必ず立ち寄ってくださいます」

――九月十七日の夜立ち寄ったとき飲食したものは？――

「大盛りのカレーライスと、コーヒーを二杯飲みました。沼沢さんはうちのコーヒーが美味《おい》しいといってくださって、お腹の空いていないときも立ち寄ってくださいます」

——そのとき何か気がついたことはありませんか——

「といいますと？」

——いつもとちがっていた様子はありませんでしたか——

「特に気がつきませんでした」

——沼沢さんが店にいたとき、他にお客はありましたか——

「土地の若い人が三人いました。でもみんな顔なじみばかりです」

——顔なじみというのは、あなたのという意味ですか——

「そうです」

——その折、沼沢さんと土地の三人の客は話をしましたか——

「いいえ、それぞれ離れていました」

——一時間というのは、食事をするだけにしては長いようですが、何か他にしていたのですか——

「食事が終ると、トイレへ行き、それからちょっと横にならせてくれといって、裏の小部屋で三十分ほど寝《やす》んでいきました」

——あなたと何か話をしましたか——

「あまりしません。沼沢さんは無口のほうですから。ここのコーヒーは美味いねと讃めてくれて、牛トラは帰りのほうが事故をおこしやすいというようなことを話しただけです」

――それは牛を下ろして責任がなくなったからですか――

「そうです。それから早く家族の所へ帰ろうとして、ついスピードを上げてしまうともいってました」

結局、『南部藩』から得られたものは、それだけであった。

捜査は完全に行きづまった。この事件の糸の端は三方に派生している。一本は、気仙沼湾で発見された死体である。二本めは気仙郡の山中で見つけられたトラックと牛だ。そして三本めが十三本木峠の犯行現場である。

だが三本の糸は、たぐっていくうちにいずれもプッツリと断ち切られた。気仙沼湾内の船舶および市内とその周辺、国道4号線および107号線沿いの交通関係者、飲食店、旅館関係者、地元の不良、素行不良者、暴力団、被害者の仲間、さらには職場、牛を積んでスタートした北海道常呂郡訓子府町から青函フェリーボートまで溯《さかのぼ》って捜査の網を広げたが、引っかかったものはなかった。

ただ、犯人が牛を売りつけようとして失敗した岩手県紫波町の家畜商安田圭造だけが犯人を知っている様子だったが、その口を開くすべがなかった。

部内には安田逮捕すべしの強硬意見も出たが、牛を買ってもいない彼に対する逮捕状を請求する口実がない。

安田にはもちろん厳重な監視の目が注がれているが、その方面から犯人が馬脚を露《あら》わにする可能性はほとんどない。岩手、宮城、青森、北海道にわたる広域捜査も、初期捜査における収穫に失敗すると、網が広いだけに収束が難しくなる。捜査は、網の中にとらえたものの消しの作業であるが、いったん消して、網の外に逃がしたら、ふたたび追いつくのは容易ではない。

捜査本部は〝合同体〟だけに、沈滞ムードになると、ひびが入るのも早い。ひび割れた隙間から、冷たい風が吹き入って来る。冬の早い東北の沈鬱な気候が、捜査員の気持ちをよけいめいらせる。事件が大きいだけに、解散はされないが、人員縮小の気配は濃厚であった。

2

金が尽きるまで旅をして、それが尽きた所でいっしょに死のうという約束だった。二人とも家から取れるだけの金を盗んできた。家の車を盗んでいくと、捜査願いを出されて、つかまってしまうおそれがあったので、レンタカーを使うことにした。

「本当は飛行機で行きたいんだ。燃料が尽きるまで空を翔びまわる。尽きた所で空に溶けてしまう。ぼくらにふさわしい死に方じゃないか。しかしぼくは飛行機の操縦もできないし、飛行機もない。車でがまんしてくれ」

斎田勝《さいだまさる》は小野里由美《おのさとゆみ》の顔を覗いて言った。若いだけに、すぐにおもいつめてしまう。美化された死以外に行き場所がないように考える。

二人はいとこ同士だった。男が十八歳、女が十六歳である。愛し合い、結婚を誓ったが、親が許さなかった。齢《とし》が若すぎることと、近親であるというのが反対の理由であった。

法律的にはいとこ同士の結婚は認められているが、感情的にも、優生学的にも、絶対に許せないというのである。

「きょうだいの子供たちが結婚するなど、考えただけで、寒けがする」

と二人の親は言った。成人するまで待っても、許される可能性はなさそうであった。

――この世でいっしょになれなければ、あの世で――若い二人の思考は単純で、即、行動に結びついた。

二人とも、立原道造《たちはらみちぞう》の詩が好きだった。


死んだ人なんかゐないんだ。

どこかへ行けば、きつといいことはある。

夏になつたら、それは花が咲いたらといふことだ、高原を林深く行かう。もう母もなく、おまへもなく。つつじや石楠《しやくなげ》の花びらを踏んで。ちやうどつい此の間、落葉を踏んだやうにして。

林の奥には、そこで世界がなくなるところがあるものだ。そこまで歩かう。それは麓《ふもと》をめぐつて山をこえた向うかも知れない。誰にも見えない。

僕はいろいろな笑ひ声や泣き声をもう一度思ひ出すだらう。それからほんたうに叱られたことのなかつたことを。僕はそのあと大きなまちがひをするだらう。今までのまちがひがそのためにすつかり消える。

人は誰でもがいつもよい大人になるとは限らないのだ。美しかつたすべてを花びらに埋めつくして、霧に溶けて。

さやうなら。

中でも二人はこの「天の誘ひ」という散文詩が好きだった。それはいまの二人の心を完全に言い表わしたものであった。まるで彼らのために書かれたような詩だった。

立原道造が好きだといっても、彼らは少し前にその詩人を知ったばかりである。二十五歳にして夭折《ようせつ》したこの優れた抒情《じょじょう》派詩人の詩には、鋭い感性に磨きぬかれた言葉の一つ一つに死を孕《はら》む陰翳《いんえい》があった。それが死を美化し、死に憬《あこが》れていた二人に、これ以上のものはない美しい青春の終止符にうつったのである。

本屋でふと取った一冊の詩集、それが道造の詩であった。彼とのめぐり合いが、二人に死を決意させたといってもよい。

「そうだわ、林の奥の世界がなくなる所へ行きましょうよ」

「そこへ行けば、僕たちのまちがいはすっかり消える」

「まちがいじゃないのよ、ただこの世の中では、私たちの愛が受け容れられないだけなんだわ」

「大人は自分たちが愛し合ったころのことを忘れている」

「愛し合ったことさえないのよ。愛し合ったことのない人たちに、私たちの愛がわかるはずがないわ」

「おれたちの体を花びらに埋めよう。そして霧に溶けて死ぬんだ」

二人は、「天の誘ひ」にすっかり魅せられて、手に手を取って家を出た。彼らの家のある名古屋から高山を経由して富山へ出、そこから日本海の海岸沿いに北上して、青森から4号線を伝って南下して来た。その間各地の観光名所や温泉をゆっくり泊まり歩いた。

　金が尽きた所で死ぬつもりだったから、べつに急がなかった。一度、山形の湯野浜《ゆのはま》温泉で、いちばんいい旅館に泊まろうとしたところ、彼らが若すぎるのを怪しまれてから、二、三流の旅館に切り換えたので、金が少し長く保った。しかし、それも弘前《ひろさき》を出るあたりから、いよいよ残り少なくなった。青森で心残りのないように街で最も豪華なレストランに入り、最も高い料理を取ると、もう車の燃料を補給する金もなくなった。

「燃料が切れた所で死のう」

「いいわ」

　二人は、いよいよ死期が迫ったのを悟った。

　食べたいものを腹いっぱい食べた。泊まり歩いた各地で、たがいの体を若い体力のつづくかぎり確かめ合った。もうこの世におもい残すことはなにもないのだ。

　盛岡を深夜に通過した。4号線は北上川沿いにひたすら南へ下っていく。盛岡を出てから十五キロほど走ったところで、燃料計の針がゼロを指した。ゼロを指してからも、車はまだしばらく走る。小さな町を通り抜けたところでようやく停まった。車の通行も絶えていた。疎《まば》らな家は闇の中に沈んで、灯影《ほかげ》一つもれていない。エンジンが停止した。耳の痛くなるような静寂が落ちた。せせらぎが左手の方から聞こえてくる。

「とうとう来たな」

勝がかすれた声で言った。死ぬ決心は揺らいでいないが、いよいよ死ぬべき時間に直面すると、心が昂《たか》ぶらざるを得ない。

「ここどの辺かしら?」

どこからか漂って来る乏しい光線をうけた由美の面《おもて》も蒼白《あおじろ》かった。

「さあ、とにかく下りてみよう」

勝は、一足先に車外へ出ると、由美に手をさしのばした。

「水の音がするわ」

「川があるらしいな」

二人とも、北上川が近くを流れていることを知らない。川や山などには関心がなかった。

「あっちへ行ってみましょうか」

二人は水音に惹《ひ》かれるように歩きだした。畑地を横切ると、川原へ出た。川に沿って小さな堤防がある。対岸も、上流も下流も闇に塗りつぶされている。空は厚い雲に塞がれているらしく、星影一つ見えない。暗い夜だった。

「寂しい所ね」

由美は寒そうに体をすくめた。事実寒かった。川面《かわも》を渡って来る風は、すでに冬をもわせるほどに冷たい。それはまだ残暑のころ名古屋を出た二人の軽装を突き刺した。

「あそこに森がある」

勝が行手の一角を指さした。夜目ながら闇の中にうずくまる森が見えた。二人は堤防に沿って森の方角に向かって歩きだした。川原の草原に樹齢の古そうな樹木がこんもりとひときわ濃厚な影をつくっている。いわゆる「鎮守の森」のような形である。森の中に灯は見えない。

「あんな所に小屋があるよ」

勝が森のはずれを指さした。森の闇からわずかに離れて、一軒の家の形が、かすかに暗い背景の前に浮かび上がっている。

「人が住んでいるんじゃないかしら?」

由美が恐そうに闇をすかした。

「とにかく行ってみよう」

とりあえずこの寒さを遮る場所を探さなければならなかった。死に場所を見つけるために来ながら、少しでも居心地のよい場所を探している矛盾には気がつかない。

「空き家だよ」

小屋の前に立ち停まった彼らは、それが無住の廃屋であることを知った。水害に遭って冠水したまま、修復されず、捨てられたらしい。

「少し中へ入って休もう。外よりはましだよ」

勝は、由美の手を引いた。

「恐いわ」

由美がためらった。

「何、いってるんだ。もうすぐ死ぬんじゃないか」

勝は、恐怖が女の気を変えるのを惧《おそ》れるように、引く手に力を加えた。金はない。もうどこへも行き場所はないのだ。

「暗いからつまずかないように」

勝は由美の手を握って、そろそろと屋内に入っていった。一見、小屋かとおもったが、もとは大きな家だったらしく、中は意外に広い。いちおうの落ち着き場所さえ見つければ、一気に死へ運び込んでくれるクスリを用意してある。

「やっぱり田舎はのんびりしている。これだけの家を捨てちゃうんだからなあ」

手探りした屋内の闇の深さに、勝はびっくりしたようにいった。隙間風はあるが、川面からまともに吹きつける冷たい夜風はいちおう遮られている。

由美が突然けたたましい悲鳴をあげた。

「どうしたんだ?」

「何か踏んだのよ、グニャリとして柔らかいものを」

彼女はすっかり怯《おび》えていた。

「猫の死骸でもあったんだろう」

「いやだあ、気味が悪い」

「そうだ、青森のレストランでマッチもらってきたっけ」

二人とも煙草《タバコ》を吸わないので、ライターをもっていなかった。〝最後の晩餐《ばんさん》〟をした店で、無意識にサービスマッチをポケットに入れてきたのをおもいだした。

シュッと頭薬を擦る音がして、闇に塗りこめられていた廃屋の中が明るく浮かび上がった。そして彼らは、そこに〝異物〟を見た。いや、彼らが死に場所を求めて来た所には、すでに先客があった。

今度こそ抑制をかけない悲鳴が、由美の口からほとばしった。二人は、一瞬の光芒の中であったが、その死者のむごたらしい面をはっきりと認めた。二人は手を取り合って一目散に逃げ出した。恐怖と驚愕に動転しながらも、たがいの手を振りほどかなかったのが、彼らの愛の深度と言えた。

3

十月十二日午前三時ごろ、名古屋から来た高校生アベックから町はずれの廃屋に変死体があるという一一〇番急訴をうけた紫波警察署では、当直の者を総動員して現場へ駆けつけた。そこは町域の本町河原にある志賀理和気《しがりわけ》神社の境内のつづきにある廃屋である。近くの者は、その廃屋を「水屋敷」と呼んでいる。五年ほど前に北上川が氾濫した折、冠水したまま、住人から捨てられたものである。

一時アベックの巣になり、それを狙って、素行不良者が集まったりして、風紀上かんばしくないので、町では近く取り壊しを考えていたところであった。

臨場した紫波署員は、みな死者を知っていた。狭い町なので、住民がみな顔見知りだったからではない。県警本部の方から殺人事件の重要参考人として、特にマークするように依頼されていた人物だったからである。鈍器で、顔面や頭部を殴打されたとみえて、むごたらしく変形していたが、識別できないほどではなかった。

死者を安田圭造と認めた紫波署員の緊張と興奮は、ほとんど、極点に達した。死者の創傷は、明らかに他為によるものである。現場を検索したが、凶器らしいものは残されていない。

だれしも、県警が躍起になって捜査している「牛トラ運転手殺人事件」の犯人が、真相を知る安田の口を塞ぐために殺したと考えた。手口も同じであった。

ただちに全署員に非常招集がかけられると同時に、捜査本部に報告された。平穏な夢を貪っていた奥州路の小さな田舎町は、突如降って湧いた殺人事件によって、町始まって以来の警察のものものしい管理下に置かれたのである。

現場での死体視察によって、左側頭部、および右前額部に長さそれぞれ四センチおよび三センチの挫滅創、左眼挫傷、左上顎《じょうがく》顔面擦過傷、上腔の第一門歯欠損、右掌内側および右腕上膊部《じょうはくぶ》に防禦損傷と認められる打撲傷、眼球結膜に溢血点《いっけつてん》はなく、頸部《けいぶ》にも索溝《さくこう》、縊溝《いこう》等は認められない。以上の所見から犯人は鉄棒、棍棒あるいは鉈の背のような鈍器で、被害者の頭部および顔面部を数回殴打して、脳内実質に損傷を加えて死に至らしめたものとされた。

現場には格闘の痕跡は認められない。また凶器その他の他人の遺留物も発見されない。死体のかたわらには被害者のものとおもわれる革製の財布が落ちていて、中身は空であった。

死体の右足だけ靴を履いていないところから、よそで殺されて、現場の廃屋へ運び込まれたものと推測された。検索の輪を広げるうちに、同廃屋から約五十メートル南よりの神社の森の中の、樹齢二百年以上の通称「お化け杉」と呼ばれる杉の木の下から背に血をこびりつかせた鉈と、カメラを発見した。鉈の背を使ったのは、返り血を浴びるのを避けるためであろう。なおカメラはポラロイドカメラで、専用のストロボが付いていた。カメラケースには被害者のネームが印字機で押されてあった。被害者がなぜカメラをもっていたのかはわからない。

凶器とカメラが落ちていたあたりの草が、なにか重いものを引きずったように倒れ伏していたところから、被害者はこの場所で殺害された後に、廃屋に運び込まれたものと見られた。新現場には、凶器とカメラ以外にはなにも見つけられなかった。

周辺にも捜査の網が広げられたが、神社の近所の家で当夜十一時ごろ境内の方からだれかがブランコに乗っているような音がしたという聞き込みを得ただけであった。境内にはこわれかかった古いブランコが一基ある。

視察の終った死体は、東北大学法医学教室、水島教授の執刀によって解剖に付されることになった。

教授は、沼沢太助の死体の執刀者である。捜査本部は、すでに安田を殺害した犯人を沼沢殺しの犯人と同一人物、もしくは関連人物とみていた。

解剖の結果が出されるまでに、安田の妻に当夜の本人の行動が訊かれた。

——ご主人は、殺された夜何をしていましたか——

「当日は牛を見に花巻の厩舎へ出かけて午後八時ごろ帰宅しました」

——その人がどうして、夜遅く水屋敷などへ出かけたのですか——

「十一時ごろでしょうか、寝床へ入ってうとうとしかけたとき、電話が鳴って、男の声で主人を出して欲しいというので、もう眠っていた主人を起こして取り次ぐと、そそくさと支度して出て行ったのです」

——どこへ行くといったのです？——

「それが、こんなに遅くどこへ行くのと聞くと、すぐ帰るから、先に寝ろといって出て行きました」

——だれに会うともいってませんでしたか——

「いいませんでした」

——電話の主は名乗らなかったのですか——

「名前を聞いたのですが、例の件といえばわかるというだけで」

——その声に聞きおぼえはありませんでしたか——

「初めて聞く声でした」

——声に何か特徴はありませんでしたか、たとえば訛とか方言とか、無理に声を変えている様子とか、吃るくせとか——

「特に気がつきませんでした。こちらも寝入り端《ばな》を起こされてぼんやりしていましたので」

——ご主人の財布が空になって捨てられてありましたが、いくら金を入れていったか知っていますか——

「牛を買うときは、大きなお金を用意しますが、その当日は牛を見るだけだといっていましたから、精々四、五万円だとおもいます。昼間着ていた服をそのまま着て行ったので、同じ金額をもっていったとおもいます。特に大きな商売をしないときは、たいていその程度のお金を身につけています」

——現場にはご主人のカメラも残されてありましたが、そんな真夜中、いったい何のためにカメラをもっていったのですか——

「存じません。だいたい私は主人がカメラをもっていったことを知りませんでした」

——すると、奥さんに内緒で持ち出したのですね——

「私が気がつかなかっただけだとおもいます。よく牛を撮るためにカメラをもっていきますから」

——で、ご主人はカメラ道楽でしたか——

「カメラは普通の三十五ミリとポラロイドカメラと二台もっていますが、仕事に使うことがほとんどです」

——その中《うち》、ポラロイドカメラを持ち出したのは、牛の急な売り込みがあったからだと考えられませんか——

「よくわかりません」

——ご主人が電話の相手と話していた内容を聞いていましたか——

「いいえ、主人は、私が商売に口を出すのをひどく嫌いましたし、男の声だったので、べつに注意していませんでした」

——そんな夜遅く電話がかかってきたことを変だとはおもわなかったのですか——

「べつにおもいません。主人もよく真夜中に電話をすることがありました」

──どこへするのですか──

「知りません。私が聞いても、女の出る幕じゃないと怒られます」

──ご主人を送り出してから、奥さんはどうしましたか──

「また寝《やす》みました」

──すぐ帰って来ないのを、心配しなかったのですか──

「これまでも、すぐ帰るといって出かけても、言葉どおり帰って来たことはありませんので」

──ご主人に怨みを含むような人間の心当たりはありませんか──

「やっぱり牛トラの運転手を殺して牛を奪った犯人が、主人の口を塞ぐために殺したのでしょうか」

──我々もそれを疑っているのですが、それ以外にご主人に怨みを抱いていたような人間はいませんか──

「おもいあたりません。主人は商売熱心で、仲間内でやり手だといわれていましたが、そのために殺されるほど怨まれていたとはおもえません」

──これはすでに何度もうかがったことですが、奥さんは、ご主人に牛を売りつけに来た牛トラ運転手殺しの犯人に会わなかったのですね──

「会いません。主人は仕事の話は家ではいたしませんでした。ほとんど厩舎のほうで取引きをしていましたから」

――以前にもありませんでしたか――

「地元のごく親しい人が来たことはありましたけど、みんな顔なじみの人たちばかりです」

――後でその人たちのリストをつくってください。それから奥さんにはまことに質《たず》ねにくいことですが、ご主人には、つまり奥さん以外に女性がいた気配はありませんでしたか――

「それは男ですから、一つや二つの浮気沙汰はあったかもしれませんが、もう新婚でもありませんし、あまりうるさいことはいいませんでした」

――それで特に親しい女性はいたのですか――

「花巻の方に何人かいたようです。でも私、よく知りません。あまり詮索しないことにしていました」

――最近、ご主人にきた手紙類はありますか――

「共進会の案内や新しい飼料のダイレクトメールが何通かあったとおもいます」

――ここ一年ほどのご主人宛にきた私信や仕事のメモ類がありましたら拝見させてくださいませんか。もちろん故人のプライバシーは守ります。内容を見られたくないものは、差出人名だけでけっこうです――

以上が家畜商の細君から引き出したことであった。

十月十二日午後、解剖の結果が出た。それによると、
①死因は鈍体の作用による脳挫傷
②死亡推定時間は、午前零時から一時間
であった。さらに本部鑑識課の検査によって、鉈に付着していた血糊《ちのり》は、被害者の血液型と一致した。ただし凶器、財布、カメラからは犯人の指紋は顕出されなかった。

被害者の家人の証言によって、濃鑑者《のうかんしゃ》（被害者と親しかった者）の犯行の疑いが強くなった。話をしている間に隙を見て襲い、被害者が昏倒《こんとう》してから懐中に金があるのを知って奪い取ったのであろう。

死体の発見を少しでも遅らせようとして、水屋敷に運び込んだ後に、高校生アベックが心中場所を探し求めながら入って来たのである。

死体の状況から、まだ犯人は遠方まで逃げていないと見られて緊急配備の網が県下および近隣県に打たれたが、犯人は一足早くその網の目から脱け出していた。

犯人が濃鑑の状況から牛トラ運転手殺しと無関係のべつのセンもいちおう疑って、安田の身辺に聞き込みが行なわれた。しかし、家族親戚関係、友人知己、家畜商仲間にも怪しい人物は浮かび上がらない。仲間内ではかなりのやり手だったらしいが、殺されるほどの怨みを含まれていたとは考えられなかった。

女関係も、花巻あたりに何人かそれらしいのがいたが、いずれもその場かぎりの浮気で、痴情沙汰になるような生臭いものではなかったことがわかった。

安田は仲間内のいう危い牛《ヤバベコ》も扱っていた。それは、病牛や盗難牛である。牛トラを襲撃した犯人も、このルートを知っていて、安田に牛を売りつけようとしたのであろう。だが、「危い牛」の取引き相手は当然のことながら取引き帳簿に載っていない。「危い牛の仕入れルート」がわかれば、そのセンから牛トラ犯人にたどりつけるかもしれないのだが、これもいまのところ溯行の路《みち》が見つけられない。「流し」の犯行も、すでに地取り捜査によって打ち消されていた。まさに八方ふさがりであった。

捜査本部を被《おお》った失望は救い難かった。安田圭造は、警察側に残された犯人につながるただ一本の糸口であった。そのあえかな糸を断ち切られてしまった。

警察にも油断があった。まさか犯人がこれほど大胆な挙に出ようとは予想もしていなかった。第一の犯行の手がかりを消すために第二の犯行を重ねて、自ら破綻をまねくケースは、推理小説においてよく使われる手口である。

この犯人は現実にその危険を冒して残されたただ一本の糸を見事に切り放してしまった。後にはなにも残っていない。凶器に使われた鉈もありふれたもので、どこからか拾ってきたような中古品であった。だからこそ犯人も安んじて、残していったのだろう。

　絶望のどん底に突き落とされた捜査本部は、この殺人事件の意外な副産物ともいうべきメリットに気がつかなかった。死体を見つけたおかげで名古屋の高校生アベックは、死ぬ気を失ってしまったのである。彼らは、むごたらしい被害者の顔に自分らの死に顔を重ねて、美化していた死のおぞましい素顔を知った。

主従の置換

1

大船渡署の青柳刑事は、どうも釈然としないものがあった。心のフレームに澱《おり》のようなものが引っかかって、意識の流れを妨げる異物となっている。

それは、彼がマークするように主張した沼沢車の三戸における第一停止であった。二十二時五十二分三十一秒から同五十三分五十四秒までの一分二十三秒停止した後、それから五分も経《た》たないうちに、ドライブ・イン『南部藩』で食事を摂るために一時間強の大休止を取っている。

五分後にドライブ・インで休憩するのなら、村長のいう〝小用停止〟をする必要はなかった。それを、佐竹は、「迫っていてがまんできなかった」とねじ伏せて、本部の大勢意見にしてしまった。

小用を足した後のすっきりした目に終夜営業のドライブ・インの看板が見えたと佐竹

は強弁したが、どうも納得できないのだ。青柳は、自らの体を使って、小用停止の実験をしてみた。タクシーの運転手に事情を話して協力してもらったが、意外に時間のかかることを知った。車の乗降の時間を加えて一分三十六秒、水分を体内に蓄えてのたった一回の実験だったが、沼沢車より十三秒多い。

これは個人差があるが、車高の高いトラックでは乗降にさらに時間を要するだろう。

「旦那、齢を取ってくると、前立腺が肥大してくるから、小便が出にくくなるよ」

タクシーの運転手がおもしろいことをいった。

「ぜんりつせん？」

「小便の出る管でさあ。駅の便所なんかで、順番を待っていると、あきれるほど長いやつがいるでしょう、あれはたいてい前立腺が肥大してますね、あんな連中の後に立つとたまらないね」

正確には尿道が前立腺の中を貫いているのであるが、運転手にもそこまでの知識はないらしい。

「いくつぐらいからそれが肥大するのかな」

「四十ぐらいからじゃねえかな、おれなんかも若いころより時間がかかるようになったよ」

沼沢太助はたしか四十歳を越えていた。前立腺が肥大してないまでも、若い青柳より時間がかかっても不思議はないだろう。

「ついでだから、おれもやっていこう、旦那時間を測ってくれるかね」

運転手が釣られたらしい。運転手が一分四十一秒かかった。

『南部藩』の前後には停止信号はない。タコグラフに記録された時間は、4号線の最も空白の時間帯である。その地点で沼沢車を停めるべき要素は、なにもなかった。

四十キロ前後の位置でほぼ水平を保ってきたスピード目盛りが三戸第二停止の直前で、垂直にストンとゼロの位置に落ち込んでいるのが、どうも気になってならない。

「そうだ、南部藩の経営者は、沼沢が食事を摂った後、トイレへ行ったと話していた」

青柳はこれまで見過していた重大な事実をおもいだした。

「彼は小用のために第一停止をする必要はなかった」

――一時間も休憩すれば、もう一度行ってもおかしくない。長距離便の運転手なら、休む都度に用を足しておくのが当然の心構えだろう――と反駁する佐竹の意地の悪い顔が目に浮かんだ。

しかし、南部藩の証言は第一停止の理由を不可解にする一つの情況証拠にはなる。青柳は第一停止がなにかべつの目的のためになされたようにおもえた。そのおもいが次第に容積を増して、違和感を大きくした。青柳は違和感の正体を突き止めるために、現場へ行ってみることにした。

	時刻			予想到着地点	総走行距離	停止時間
9月17日	20時	35分	43秒	青森港埠頭	0	
				↕43km［青森県］		
	21	20	28	野辺地町付近	43km	1分51秒
	21	22	19			
				↑ 65.5km ↓		
	22	52	31			三戸第一停止 1分23秒
	22	53	54			
				三戸町付近	108.5km	
	22	58	16			三戸第二停止 1時間1分31秒
	23	59	47			
				↑ 42.5km ↓ ［岩手県］		
18日	1	3	24	十三本木峠付近	151km	19分17秒
	1	22	41			
				↕67.5km		
	3	2	12	紫波町付近	218.5km	1時間22分4秒
	4	24	16			
				↕79.5km		
	6	18	35	気仙郡加労山中	298km	

これまで、紫波町の家畜商の捜査に投入されていて、彼が（彼だけが）疑問を提起した三戸第一停止の現場へ行けなかったのである。

自分の体を使って〝人体実験〟までした彼にしては、これは盲点であった。列車で三戸まで行って、車を拾う。南部藩は三戸の次の諏訪《すわ》ノ平《だいら》に近い。沼沢車は第一停止から南部藩の第二停止まで約四十キロの速度で五分走っているから、第一停止の位置は、南部藩から約三・三キロ北方にあたることになる。

青柳はまず南部藩を当たってから、第一停止地点の〝現場検証〟をするつもりであった。

三戸駅から四キロほど4号線を下ると、国道に面して左側に南部藩はあった。コテージ風のしゃれた造りである。正面《ファサアド》の白壁に店名がかなり大きく掲げられてある。店と国道の間に二十台程度駐車できそうなスペースがある。本屋《ほんおく》の右側にスタンド風の売店があって、土地の名産などを商っている。

青柳はここで一つの発見をした。南部藩の建物は、国道からやや引っ込んでいるために、その看板は店の真ん前に来るまでは、国道上を走る車から死角に入っている。道路際に小さな看板があることはあるが、これは遠方からは容易に見つけられないだろう。南部藩の前で道路は青森方面へ向かって大きく左カーブを切っている。

大八車の車輪が地面に植えつけてある出入口から中に入ると、店内は約二十坪ほどの広さで、カウンターのスツールとテーブル席を合わせて二十席ぐらいある。壁面には最近では珍しくなった八角や円形の振子掛時計、民具、みの、古地図、古銭が飾ってある。土間には炉が切ってあり、木の香りが鼻をつく。

乾燥した道路を走って来たドライバーを、木の下闇の柔らか味を帯びた空間に抱き取られたように感じさせるインテリアである。店内に客の影は少ない。それがドライブ・インらしからぬ落ち着いた雰囲気を、石で囲った水たまりのように保っている。

カウンターの中からこの店のママらしい中年の女性が目顔で迎えてくれた。若いころ大きな都会で暮らして、この土地に店を開いたような都会的な雰囲気を身にまとっている。ローカルカラーと都会色が巧みに配合されているインテリアも、この女性のセンスであろうか。

青柳は、カウンターに坐ってコーヒーを注文した。ドライブ・インに多いアメリカ風の〝コーヒー様飲物〟ではなく、本格派のいわゆる「点《た》てたコーヒー」である。

青柳はコーヒーをゆっくりすすってから、〝仕事〟に取りかかった。身分を明らかにしてから、沼沢運転手が来たときの様子を再度聞き込みにかかる。

「何度もむしかえして悪いんだが、沼沢さんが来たときの様子をもう一度話してもらいたいのです」

ちょうど店が空いていたときでもあったので、ママはゆっくり青柳の話し相手になってくれた。しかしそれはすでに青柳が捜査会議で聞いたことばかりであった。

「沼沢さんは、私たちのいいお客さんでした。上り下りには必ず寄ってくださって、時には出張先で買った玩具をうちの子供にお土産にもってきてくれました。あんないい人にいったいだれがあんなむごいことを。刑事さん、一日も早く犯人を捕えてください」

彼女は訛のないきれいな言葉で訴えた。青柳はそのときふとおもいついたことがあった。

「前回、警察がお宅へ事情を聴きに来たとき応対したのは奥さんですか？」

「そうです」

「沼沢さんが最後に店に立ち寄ったとき、その場にいた店の人は、奥さんだけですか」

「私と……主人がいました」

「お二人ともずっとおられたのですか、つまり沼沢さんが店へ入って来てから帰るまでずっといっしょに」

「いいえ、ちょうど沼沢さんが来られたときは、私は二階へ子供の様子を見に行っていました」

「奥さんが店へ下りて来られたのは、沼沢さんが来てからどれくらい後でしたか」

「後で刑事さんが来られて、タコグラフとかに記録されていた沼沢さんが店にいた時間を確かめていました。私が店へ下りて来たのは十一時十分ごろでしたから、沼沢さんが来られてから十一、二分くらい後だったと思います」

「奥さんが下りて来たとき、沼沢さんは何をしていましたか」

「カウンターで、ちょうど刑事さんのおられる所でカレーライスを食べていましたわ」

「カレーライスを出したのはご主人ですか」

「仕込みがしてありますから、オーダーがあればすぐに出せます」

「すると、その間の十一、二分はご主人が沼沢さんといっしょにいたわけですね」

「そうなりますわね」

「その間のことをご主人にうかがいたいのですが」

最初の聞き込みがママに対して行なわれたものであれば、彼女がいなかった最初の十一、二分間は聞き込みの死角になっているはずである。青柳はこの間に、沼沢が捜査本部の知らない何かをしたかもしれないと考えた。

「主人は、いま売店の方にいますから呼んで来ます」

彼女は気軽にカウンターを出て、間もなく四十年輩の朴訥《ぼくとつ》な感じの男を連れて来た。

初対面の挨拶がすむと、青柳は早速本題に入った。

「沼沢さんが店に入って来たときの様子を、どんな些細なことでもいいのですが、おもいだしてくれませんか」

「どんたな小さなことど言われでも、なんもねぇすなあ」

主人のほうは、地方の訛をそのまま残している。

「沼沢さんは店へ入って来たとき、まず何をしましたか」

「そんだな、まんつ挨拶したっスな」

「何といって挨拶したのですか」

「こんばんはっついったスな」

「それからどうしましたか」

「それから、カレーライスとコーヒーば注文すたっス」

「それをご主人がうけて出した」

「んだス」

「カレーライスを食べている間に奥さんが二階から下りて来たんですね」

「んだス」

「カレーライスを食べる前に何かしませんでしたか」

「特《とぐ》になんたなこどもさねがったな」

「たとえば煙草を喫《す》うとか、手を洗うとか、何かしませんでしたか」

「手を洗う？」

主人の言葉がふととどこおった。

「手を洗いましたか」

「んだんだ、トイレさ行ったス」

「えっ、トイレへ行ったんですか」

「よっぽど迫ってだらしくで、店さ来るなりトイレさ吹っ飛んで行ったス」

「トイレへ行ったのは食事の後ではなかったのですか」

「はあ、んだったべがな。食事の後《あど》も行ったがもしんね、車さ乗るど、ながなが便所さ行げねしなあ」

三戸の第一停止は小用のためではなかった。もしそうであれば五分後に南部藩へ来るなり、トイレットへ飛んで行くほど迫ってはいなかったはずである。

青柳は、南部藩の経営者夫婦に礼をいって店を出た。青柳と入れかわりに店がたてこんできた。車を帰してしまったので、第一停止の予想地点まで歩いて行く。だがそこまで行かないうちに青柳の知りたいことは確認できた。

間もなく4号線は、左へカーブを切り、南部藩の建物は見えなくなったのである。

2

捜査会議は初めから沈鬱な空気に塗りこめられていた。これまで足で調べた捜査資料をもとに今後の捜査方針を立てるのだが、めぼしい収穫はなにもない。今日の会議は、行きづまった局面を打開すべく、これまでの捜査を反省し、その方針と蒐《あつ》めた資料を再検討しようというものであった。

会議の目的が議長役の瀬尾刑事部長から語られて発言をうながされても、積極的な意見を述べようとする者がだれもいない。いつもは率先して意見を開陳する佐竹も、今日は不機嫌に唇をひきしめて天井をにらんでいるばかりである。

だれも口を開かないので、瀬尾は発言を誘う〝迎え水〟としてこれまでの経緯を反復した。

「我々はこれまでこの事件を主として三つの方角から追って来た。一は被害者の死体、二は牛トラ、三は十三本木峠の犯行現場だ。安田圭造は犯人を知っている可能性のある重要な証人としてマークはしていた。だが安田の口がかたいためにこのセンからの犯人追の割出しを一時保留していた。死体、トラック、十三本木峠の三つの方向からの犯人追及がいずれも絶たれたいま、安田を消されたのは、我々の重大な失点といわねばならい。

しかしここでみなの注意を改めて喚起したいことはだ、もし安田を殺害した犯人が、沼沢殺しの犯人と共通していれば……」

瀬尾は慎重な言いまわしをした。安田を殺した犯人が、牛トラ運転手殺しの犯人に共通あるいは関連しているという考えは、捜査本部のほとんど動かしがたい心証になっている。

安田の周辺に、それ以外に怨みを含みそうな人物がまったく浮かび上がらず、犯行手口その他もろもろの状況が、連続殺人を指向している。

ただ瀬尾は本部長としての立場から言質を取られるのを惧れて、慎重というより迂遠《うえん》な言いまわしをしたにすぎない。

「沼沢殺しの犯人と共通していれば、犯人が安田を殺した事実は、安田が犯人にとって最も弱点であったことを物語るものだとおもう。とすれば、安田の身辺に犯人が消しきれなかったものが残されているのではないだろうか、この辺のところからまず意見を出してもらいたい」

彼は、佐竹の顔に視線を向けた。安田の身辺の聞き込み班の中心になったのが、佐竹であった。

瀬尾からほとんど指名された形でうながされたので、佐竹はしぶしぶ口を開いた。いつもの彼に似合わぬ重い口調である。

「安田の家族、親戚関係、知己、家畜商仲間、女関係すべてを当たりましたが、怪しい者は浮かび上がりません。商売仲間ではかなりやり手で通り、いわゆる危《ヤバ》い牛も一手に引きうけていたそうですが、その筋からの捜査もいまのところ行きづまっています。痴情怨恨のセンもありません」

佐竹は口惜《くや》しげに唇の一方の端を曲げた。好戦的《ポジティブ》な彼が、自分の敗北を認めざるを得ないような無収穫《ネガティブ》の報告をするのが、いかにも口惜しくてならない様子である。

「その危《ヤバ》い牛のルートは、たぐりようがねのがね？」

村長が一同になり代って質ねた。

「目下、安田の取引き相手をしらみつぶしに当たっております。またここ数年溯っての取引きも当たっています。しかし危《ヤバ》い取引きは帳簿にも載っていないと考えられますので」

佐竹の口調が言い訳めいた。

「正規の取引き相手も、危《ヤバ》い取引きルートを知っているかもしれんな」

と今度は瀬尾が聞いた。

「はい、私もそうおもいましたので、密売ルートの割出しに力を注いでいるのですが、連中はいずれも口がかたくて、なかなか成果が上がりません」

「一つ質問があります」

気仙沼署から来ていた刑事が発言を求めた。合同捜査だが他県から来た者との間には、たがいに遠慮が働く。

どうぞというように視線が集まる。

「沼沢殺しの犯人は複数であった状況が濃厚です。すると今回の犯行も、二人以上で行なったのでしょうか」

虚を衝《つ》かれたような気配が小波《さざなみ》のように起きた。犯人複数説は、定説として定着していたが、部員の中には、今回の家畜商殺しを特に意識しないまま、単独犯人の犯行とみていた者が多かったのである。だが前回が複数で、今回が単独とすると、この間の不一致はどう解釈すべきか。

「もしそうだとすると、解せない点があるのですが」

「どうぞ」――お話しください――と瀬尾がうながした。

「安田圭造の傷は犯人と面談中、いきなり前方から襲いかかられたとする状況です。右腕の防禦損傷や、前額部、目などの傷がそれを物語っています。しかし、もし共犯者がいたならば、相手の抵抗が予想される正面から攻撃せずとも、無防備の後方から襲ったはずだとおもうのです」

短い間、沈黙が落ちた。被害者の傷の状況が捜査員の意識をいつの間にか単独犯行の色彩に染めていたのである。だれも代って発言しないので、彼はふたたび言葉をつけ加えた。

「私は、家畜商殺しは牛トラ運転手殺しと連続あるいは関連しているとおもいますが、家畜商のほうはいま申し上げた理由で単独の犯行だと考えます。前回の犯行に加担した共犯者は、今回の犯行には加わらなかったとおもうのです」

「必ずしもそうだとはいえないでしょう」

ようやく異論が出た。佐竹であった。本来の挑戦的な表情に還《かえ》っている。

「安田が警戒して共犯者に背中を見せなかったとも考えられるし、共犯者はいっしょに来たものの、殺しを自分が担当するほど熱心ではなかったかもしれない」

「しかし、第一現場の草の上には、死体を引きずった跡がありました。共犯者がいれば頭と足を手分けしてかかえたはずです」

〝気仙沼〟も負けてはいなかった。ようやく捜査会議らしい雰囲気になってきた。

「それは必ずしも死体を引きずった跡とは断定されていません。死体を引きずったような形跡にすぎないのです。この辺を混同してはならないとおもいます。またかりに共犯者がいたとしても、再度の殺人に怯えて一人は立ち竦《すく》んでいた。そこを主犯から死体運搬を手伝えとハッパをかけられたかもしれない」

〝気仙沼〟はとりあえずの切り返しができないまま沈黙した。しかし、彼が佐竹の説に満足していない様子はわかった。佐竹説にも可能性はある。だが、それはあくまでも理論上のもので、実感として、本件の単独犯の色彩を打ち消すことはできなかった。〝気仙沼〟の発言が、その色彩を各捜査員の心証に上塗りしていた。

「私もいまふと気がついたのですが」

地元の紫波署から参加した捜査員がおずおずと口を開いた。紫波署は、所轄署でありながら、県警本部からマークしておくようにと要請されていたにもかかわらず、見事犯人に裏をかかれて安田を殺されてしまった直接の責任を引っかぶった形で、小さくなっていた。

「もし今回の犯人が複数だったとすれば、佐竹刑事がただいまおっしゃったように主犯と従犯の関係にあったとおもうんです。牛トラ襲撃においては犯人は共同正犯と考えられていましたが、いや、法律的な共同正犯ではなく、たがいに対等の共犯と見られていたのですが、初めから主犯と従犯者のような形だったのではないでしょうか。この主従関係は家畜商殺しを単独犯行と考えても、変りません。前回の従犯者が今回は抜け落ちたと考えられます」

ざわめきが会議場におきた。法の定義する共同正犯は「共同して犯罪を実行した者」となっているが、判例は、共犯者の一人が犯罪を実行しても、共犯全員に共同正犯が成立するという立場を取っている。〝紫波署〟のいう「法律的共同正犯」とはこの意味であろう。

佐竹もあまり意識せず「主犯」といったであろうが、そういうからには、一方の犯人を従犯の位置に据えている。

これは〝気仙沼説〟に誘発された新しい視点であった。

「なるほどそれはおもしろい見方だが、犯人が〝従犯〟であっても、新たな手がかりはなにも出てこないだろう」

佐竹がせっかくの着想にまた冷水《ひやみず》をかけた。

「主従ということからヒントを得たのですが」

〝紫波〟が佐竹の方へ向き直って、

「牛トラ襲撃の手口から見るに、犯人はその方面の事情に詳しい人間と考えられています。最も詳しい者は、被害者の同業か以前同業であった者ではないでしょうか。長距離便はペアで運転するそうです。ところが、たまたま被害者の助手が急病になって乗務できなくなり、ピンチヒッターの手当てのできないまま、単独で出発したと聞いています。また応急のピンチヒッターをあてがわれるより、独りのほうが気楽でいいという被害者の意志もあったそうです。長距離便の運転手は長い乗務を共にするので、たがいの気心もわかり、運転の腕に信頼のおける者でないとペアを組みません。それだけにペアの仲は緊密でしょう。私はこのペアを、牛トラ襲撃の犯人に置き換えてみました」

なるほどというように数人がうなずいた。牛トラ運転手のペアを、本件犯人の〝主従関係〟に置換する発想は、これまでの思考の盲点であった。

「この仮説に拠《よ》りますと、犯人の主従関係も、牛トラの事情に詳しかった状況などもうなずけるのです。我々はこれまで被害者の動いた線を重視して捜査してまいりました。しかし被害者の出発した点を中心に捜査すべきではなかったでしょうか」

これまでにも被害者の周辺は、北海道警の協力によっていちおう洗っている。しかし捜査の焦点がそこに置かれたわけではない。それはあくまでも、他管区の警察に頼ったワキの捜査であった。しかも被害者の現在および過去の同業者までは捜査の手は及んでいない。ここに捜査の死角があったかもしれない。

〝紫波〟は、壁に突き当たった捜査本部に新たな突破口を開いてくれた。その穴の先には、いかにも肥えた獲物が潜んでいそうな気配があった。紫波署はいくらか〝失地〟を回復した。

瀬尾部長が新たな捜査方針を会議をしめくくる結論として打ち出そうとしたとき、大船渡から来た青柳が口を開いた。先刻から発言の機会を狙っていたのだが、紫波説が大勢の関心を集めてしまったために、いい遅れた形であった。

腰を浮かしかけた気の早い者が、中腰のまま目を向けた。

「南部藩の看板は見えません」

一同は青柳の言葉の意味がすぐに理解できなかった。思考が完全にそこからそれていた。

「タコグラフに記録された三戸町の第一停止地点からは坂とカーブが重なっているために、南部藩が見えません。またその周辺にも南部藩の野立ち看板や広告類は見えないのです。第一停止地点は、タコグラフに記録された速度に従って青森方面へ向かって五分行くと、南部藩より北へ約三・三キロの所ですが、ここにもべつのドライブ・インがあるので、村長さんがおっしゃったように小用停止をするはずがないのです。すると被害者は、いったい何のために三戸で一分二十三秒の第一停止をしたのでしょうか？」

青柳は自分の発見に意気ごんでいた。彼にはこの停止が重大な意味をもっているような気がしてならなかったのである。それは最初からの行きがかりが固定観念として心に居すわり、次第に容積を増やしてきたのかもしれない。それがいまは確信となっている。

だが、紫波説に興奮していた一同には、青柳の意見がひどく時機を失しているように見えた。三戸第一停止が何のためであったとしても、燦然《さんぜん》たる紫波説の前では大したことではないような気がした。その意味ではたしかに時機を失していた。

「きみも強情だな。一分ぐらいの停止は、いくらだってあるよ、小便がしたくなければ、犬か猫を轢《ひ》きかけたかもしれないし、可愛《かわい》子《こ》ちゃんのヒッチハイカーに声をかけられたのかもしれないじゃないか」

佐竹の言葉が大勢の気持ちを代弁していた。青柳がさらになにかいおうとする前に、がたがたと椅子を引く音が、小さな意見を踏みつぶしてしまっていた。

交叉した足跡

1

　うなぎ屋から南里荘は、ほんの目と鼻の先であった。外から見たかぎりでは、安手のモーテルといった様子である。三階建てのモルタル造りの安っぽい建物で、玄関口に「一泊二百五十円から、個室千円、清潔なベッド、風呂あり」と看板が出ている。玄関のすぐ脇に通用口らしい木戸が見える。周囲を見まわしたが、その他には出口は見あたらない。

　驚いたことに玄関ドアが自動になっている。入ったところが三和土になっていて、右側に帳場がある。いちおう旅館の体裁をととのえている。帳場の壁に指名手配の触れ書きが顔写真といっしょにべたべた貼られているのが、普通の旅館とちがうところである。帳場の前は小さなロビーになっていて、奥に暗い廊下がつづいている。奥の方の様子は、ここからでは見えない。

帳場で新聞を読んでいた男が、めがね越しにジロリと見た。客の値踏みをしているような目だった。

「今日は生憎《あいにく》と満員なんですよ」

男は、刑事らの機先を制していった。

「いや、客ではありません。お宅に泊まっている客を訪ねて来たのです」

対島が慌てて言った。

「客？　いったいだれですか」

「田所尚和という男です。たしかにお宅に泊まっているはずなんですが」

いいながらも、二人は奥の方に油断なく視線を走らせている。

「田所？」

「和尚で通っているはずです」

「ああ和尚ね」

帳場の男に反応があった。

「いますか？」

「いまいないよ」

「いない！」

失望が張りつめていた刑事の心をたちまち萎えさせる。

「どこへ行ったんです」

せめてもの望みを帳場の男につないで、たずねる。

「さあね、うちの客はみんな風来坊だし、いちいち行先なんて聞かないからね。ところで、あんたたちは？」

帳場の男が胡散臭そうな顔になった。刑事らは顔を見合わせてから、

「警察の者だがね」

「警察！　それで和尚が何かやらかしたんですか」

帳場の男の顔が少しこわばった。

「いや、ある事件の参考に調べているんだが、田所にぜひ会いたいのだ。いまいないというと、いついたんだね」

「一昨日まで泊まってました。それが急にフラリと出て行ってしまったんです。また来るとはいってましたけど」

「いつ戻って来ると正確にはいわなかったのか？」

「いいませんね、かりにそんなことといったって、当てになんかなりません。ここへ来る連中はみんな糸の切れた凧《たこ》みたいな人間ばかりですからね」

「予約はしないのか」

「旦那、笑わせないでくださいよ、ドヤに予約なんかする者はありません。先着順に満

杯になったところでしめ切りでさあ」

「連泊する者はどうするんだ」

「金目の荷物でも残していけばベッドを取っといてやりますけど、そうでなければ、先着順です」

「田所は、荷物をもっていなかったのかね」

「着の身着のままでした」

「田所はいつごろからここに泊まっていたのかね」

「初めて来たのは、八月の十日前後だったかな、それからよく出たり入ったりしていますよ」

「宿泊した正確な日付けはわからないか」

「旦那、うちあたりでそれは無理ですよ、いちおう泊める前にここで住所氏名を書いてもらいますが、本当のことを書く者は、あまりいません。だいいち住所があればこんな所へ来ないし、住所のある者は、なにかの事情があって逃げて来た人たちです」

「宿帳を取るなら、それが保《と》ってあるだろう」

「宿帳なんて、おおげさなもんじゃありませんよ、ベッドの配置図に記入するためにいちおう聞いているだけです。客が出てしまえば、捨ててしまいます」

「しかし田所は出たり入ったりしたんだろう。だいたいのところはおぼえているだろうが」

「無理ですね、ここは人間のコインロッカーです。二百五十円出せば、だれでも泊まれます」

「個室もあると看板に書いてあるが」

「千円の個室があります。こちらはたいてい家族持ちですがね」

「家族持ちが泊まるのかね」

「子供が産まれてアパートを追い出された人や、家族連れの出稼ぎ組が泊まります」

「田所は二百五十円組か」

「そうです」

「田所が泊まっていた間、昼間は何をしていたんだ？」

「朝の十時から夕方の五時まで、個室の家族もち以外は追い出しますから、どこで何をやっていたかわかりません。たいてい日雇い仕事、競馬、パチンコ、映画、酒などで一日をすごしてくるんでしょう」

「田所は、なにか預けていかなかったかね」

「着たきり雀《すずめ》が預けるものなんかもってるはずがないでしょう」

帳場の男が嘲笑《あざわら》うようにいった。

こうして最後の手がかりも絶えた。残るかすかな希望は、「また来る」といった田所の言葉だけであった。それもほんの気まぐれにいっただけかもしれず、まったく当てにならない。

「どうしましょう」

対島は、途方に暮れたように針生の顔を見た。

「そうだな」

針生も、当惑した視線を宙に迷わせていたが、ふとおもいついて、

「田所は出かけるとき、外から連絡があったら聞いておいてくれと頼まなかったかね」

とたずねた。

「ああ、そういえば……」

と帳場の男はおもいだしたように、

「なんでも姉さんから連絡があるかもしれないから、聞いといてくれと言ってました」

「すると、田所はやっぱりここへ戻って来るつもりなんだな」

針生は語尾を、対島に向けていった。

「高田光枝にここを連絡場所にするといってたのは、嘘じゃなかったんですね」

「ひとつここに張り込んでみるか」

「えっ、ここにですか」

対島が情けなさそうな顔をした。ようやく追いつけそうになった容疑者が、またもや

「糸の切れた凧」のようにどこかへ行ってしまった。今度はいつ帰って来るかわからない。地元の張り込みとちがって、出張先では、交代が得られない。しかも不衛生なベッドハウスでの当てのない張り込みの途方もない気の長さを考えて、さすがの対島も辟易《へきえき》したらしい。

「いちおう本部の意見も聞いてみよう」

針生は、新婚の対島の胸の内も忖度《そんたく》して、心ないことをいってしまったことを悔やんだ。

帰りたいのは、自分も同じだが、対島とちがって、新婚の妻が待っているわけではない。このまま張り込みということになれば、対島の妻のために、交代要員を要請しようと針生は考えた。

本部の意見をあおいだところ、やはりそのままベッドハウスで張り込みをするようにと命じられた。いまのところ田所だけが本部にあたえられたあえかな一本の糸である。

「出張がのびてすまんな、もう少し二人で頑張ってくれ」

捜査係長が気の毒そうにいった。しかし交代要員を送るとはいってくれない。本部は本部で手一杯なのである。

「こうなれば持久戦ですよ、なに、ここだって住めば都だ」

対島も覚悟を決めたらしい。

「すまんな」

「針生さんの責任じゃありませんよ、それにベッドハウスなんてこんなことでもなければ泊まる機会はありませんからね、きっといい勉強になります」

　若い対島は早くも好奇心を取戻したようである。どんな豪華なものにも、また粗末なものにも直ちに順応してしまう、若さのもつ許容の幅を、針生は羨ましくおもった。

　二人は南里荘の一泊千円の個室を借りて、田所の帰るまで張り込むことにした。

　帳場のめがね男が南里荘の主人で、彼らが張り込むと知ると、急に協力的になった。あまり有難くない客のはずだったが、警察ににらまれたくないのであろう。

　主人は二人のために入口に最も近い一部屋を提供してくれた。個室は六畳間をカーテンで二つに仕切ったもので、三畳で千円、二階で千二百円だが、千円で六畳一部屋を提供してくれたのだから五割引きということになる。おかげで刑事らは相客に気をつかう必要がなくなった。だがこの特別サービスが、後でとんだ誤解をまねくこととなった。

　この部屋からは、居ながらにして帳場の近くが見張れる。彼らの身分が宿泊者にわかると、どんな拍子に田所の耳に入るかわからない。主人に協力を求めて、彼らは倒産した中小企業の経営者という触れ込みにした。その種の連中が債鬼から隠れるためによくベッドハウスへ逃げて来るそうである。それも主人が貸してくれた知恵だった。

「貴重品は必ず身につけておいてくださいよ。警察の旦那がものを盗まれたんじゃ、サマにならないからね」

　主人が注意した。

「そんなに泥棒が多いのかね」

「ここじゃ盗むという考えはないんですよ、身につけていない金品は、忘れ物か遺失物とみなされるんです」

「それじゃあ風呂へ入るときは、どうするんだね？」

　びっくりしてたずねると、

「ビニールの袋に入れて、いっしょにもって入ってください」

と主人はすまして答えた。

――こりゃ大変な所へ来たな――

　二人は顔を見合わせた。

　実際、南里荘は、人生の縮図であった。

　前身は大学教授とか政治家などと自称する者がいるかとおもえば、出稼ぎに出たまま、なんとなく都会にいついた者や、れっきとした家や家族がありながら、泊まりに来る人間もある。

　まれに、モーテルやラブホテルのたぐいとまちがえて、アベックがまぎれ込んで来ることがある。日雇い労務者が主体の山谷《さんや》のドヤとちがって、新宿の宿泊人《ドヤモン》は多彩であった。手配師に賃金《デヅラ》をピンハネされるのにいや気がさして山谷から移ってきたものもいる。彼らにいわせると、新宿は山谷のようにドヤが一つのブロックにかたまっておらず、一般住宅地や市街地の中にあるので、「環境がよい」ということである。

だが〝山谷者〟は手配師の来ない新宿で仕事にありつけず、結局、山谷に逆戻りしていくそうである。そのせいか、新宿のドヤは、比較的生活の臭いがうすいようであった。

刑事らは、意外に長期滞在者が多いのに驚いた。長期組の過半数は老人である。自称「教授」という老人が、刑事らの隣りの個室にいて話しかけてきた。

「あんたら、夫婦かね？」

「夫婦？」

二人はいわれたことの意味がわからなくてキョトンとした。

「そうさ、夫婦かって聞いたのさ」

「私らは、二人とも男ですよ」

「男同士でも夫婦になれるよ」

老人は平然としていった。

「まさか」

「あんたらとぼけなくともいいんじゃよ、男同士、女同士の夫婦が、いまの世の中にゃいくらでもいるよ、むしろそのほうが長つづきする」

「針生さん、どうやらおれたちホモとまちがえられたらしいですよ」

対島が苦笑した。一室（二個室分）にいつも二人いっしょに閉じこもっているので、とんだ誤解をされたようである。

「テレることはない。男と女のセックスなどは下等動物のすることじゃ。人間だからこそ、男同士、女同士で愛し合える。それが本当の愛なんじゃ。同性愛者は精神的に教養ある階級に属する。同性の結婚が法律的に認められていない日本は、まだまだ野蛮じゃよ」

「いや、我々は……」

抗議しようとした対島を、針生はそっと突いて、

「そうおもっているのなら、おもわせておこうじゃないか。そのほうが疑いをまねかない」

と引きとめた。

「ところで爺《じい》さんは、何をやっているのですか」

針生が憮然《ぶぜん》たる表情の対島を残して聞いた。

「爺さんだと？　プロフェサールと呼んでもらいたいな。これでも若いころパリ大学で講義したことがあるんじゃ」

これが「元教授」だなと内心うなずいて、

「これは失礼しました。それでパリ大学では何を教えておられたので」

プロフェサールはよく聞いてくれたとばかり、ポケットから茶褐色に変色した雑誌の切抜きを取り出した。細い横文字がビッシリ埋まっている。

「これはな、わしが一九三五年八月夏の特別ゼミナールで講義したテキストじゃ。『徒然草《つれづれぐさ》における老荘思想的虚無感を加味した複雑幽幻なる仏教的厭世《えんせい》思想とフランス的倦怠《アンニュイ》の比較研究』という論文で、当時学界に一大旋風を巻きおこしたもんじゃ」

元教授は、さらに変色した論文の内容を詳しく講義しようとしたので、針生は慌てて、

「私たちは、ちょっと用事がありますので、またべつの機会にゆっくり聞かせていただきます」

と遮った。

元教授以外にも変人が多かった。自称詩人は、肌身離さず、大学ノートをもっており、ひまさえあれば詩作に専念している。自分でつくっているだけならばいいのだが、時々、

「後世に残る名詩をものにした」

とひどく興奮して、そばに居合わせた者をつかまえては朗読して聞かせる。張り込みをしている二人は、いつもドヤにいる。いきおい二人がその名詩を聞かされる破目になる。

「今度こそ凄《すご》い詩をつくりましたよ、おそらく私でもこれほどの詩は、二度とつくれな

いでしょう。ぜひ聞いてください。この世界的な絶唱を最初に作者自らの朗読で聞けるあなた方は幸せ者ですよ」

とこんな調子でつかまったら最後である。全部朗読し終るまでは解放してもらえない。その間に、田所が帰って来るかもしれない。やむなく刑事は交代で詩を聞くことにした。

――「オレンジ」の木は花さきくらき林の中に　こがね色したる柑子《こうじ》の枝もたわわにみのり
晴れて青空よりしずかに風吹き「カラマツ」の木はしずかに「モミ」の木は高くくもにそびえてたてる国をしるや　かなたへ君と共にゆかまし――

「どうです、素晴らしい詩でしょう。まだ二番三番もありますよ」

「いや一番だけでもう陶酔しましたから、しばらくこの気分を味わいたいとおもいます」

一番だけで逃れて来た対島は、

「あの人の詩はどれもどこかで聞いたような気がするなあ」

と首をひねった。それを教授が見て、

「はは、あいつはね、頭が少しおかしいんじゃよ、ゲーテやヘッセや啄木や牧水《ぼくすい》などの名詩をちょっとだけ替えて、自分がつくったと信じ込んでいるんじゃ。いまあんたが聞かされたのは、ゲーテの『ミニヨンの歌』をほんのちょっと替えたものだ。やつのおはこじゃよ。ふえっ、ふえっ」

教授は歯の抜けた洞《ほら》のような口を開けて笑いながら、

「しかし、世の中はおもしろいもんじゃの、替え歌を、私の詩を買ってくださいと胸に看板ぶらさげて、駅や人通りの多い所で立っていると、けっこう買う人間がいるんじゃ。わしも一つ『徒然草』をフランス語に訳して駅で売ろうかのう、ふえっ、ふえっ」

刑事らは完全に毒気に当てられた形であった。長期滞在の老人には、ここを終《つい》の栖《すみか》のつもりで住んでいる者が多いようであった。

刑事らに煙草を無心に来た、元家具指物師だったという老人は、

「こう洋家具が増えて、機械の大量生産の時世になると、もうあっしらの出る幕はないね、これでも昔は簞笥《たんす》をつくらせたら、名人といわれたあっしだが、手が震えるようになっちゃあ、もういけねえ、息子は、安直に金になる工場へ行っちまうし、のみ一丁に命をかけた技術もあっしの代で終りだね。まあここにいりゃあ、死んだまま、だれにも知られず、何日も放っておかれるって心配はねえからな、安心して死ねまさあ、はっはっはっ」

と豪気に笑ったつもりが、虚《うつ》ろにひびいた。

たしかにベッドハウスなら死んだのを知られずに放置されるおそれはないだろう。だが、「人間のコインロッカー」のようなこの人生の吹きだまりに、わずかな余生を託さなければならない人間の哀れさに、刑事はシュンとなった。

三日待ち、四日待っても、田所は姿を現わさなかった。この間に田所の前科が照会されて、マエのないことがわかった。持久戦の構えでいた二人は、ベッドハウスの生活に速やかに同化した。同化したほうが住みやすいのである。初めて来た客は、衣服を身につけたまま寝るが、泊まり馴《な》れている者は、下着になったり、あるいは寝巻きに着がえて寝る。中には素裸になって眠る者もある。

ベッドは六畳の間にいわゆる「起きて半畳　寝て一畳」の狭い二段ベッドが通路をはさんで四基おかれて、八人が寝られるようになっている。雑魚寝ということはない。部屋の備品は布団と下駄箱以外はいっさいない。トイレットの近い者は下、本を読みたい者は天上灯に近い上へ寝る。物干場はあるが、そんな所に干すとみんな盗《と》られてしまうので、ベッドに工夫して干す。そのために室内はいつも湿っぽい。南里荘の収容人員は五十人、その三分の一が長期滞在組である。

ベッドハウスにも二種類あって、正確にはベッドだけしかない所をベッドハウスと呼び、南里荘のように個室もある所は簡易宿泊所といい、これがドヤの〝正統〟なのだそうである。ただしドヤの原型である大部屋雑居式のドヤは、いまはほとんどない。

「あんたら、毎晩そんなにかしこまって寝ていたら、体が保たねえぜ」

いつも服を着たまま寝る彼らを見て、指物師が注意してくれたが、田所がいつ帰って来るかわからないので、「旅なれた」連中のようにくつろぐわけにはいかなかった。眠るのも食事も風呂も交代である。

あたえられた部屋からは、帳場の様子が一目で見渡せる。客はまず帳場へ来て、ベッドの有無を聞く。だれでも無差別に泊めるわけではない。酔っぱらい、病気持ちらしい人間、浮浪者、アベックは泊めない。時々、外国人がまぎれ込んで来る。ほとんど東南アジア系である。また家出娘が行き暮れて迷い込んで来ることもあるそうだ。飲みすぎて足を失ったサラリーマンは、ほとんど来ない。キスグレ《キスグレ》は泊めないのと、遅い時間になると満杯になってしまうからである。

帳場で主人の〝審査〟をパスした者は、前金で支払ってベッドなり個室なりをあたえられる。原則として現金払いで、滞在組でたしかなのはツケがきくようになる。

内部は殺風景だが、意外に清潔である。宿泊者のほうもここから追い出されたら行く所がないことを知っているから、宿の規則をよく守る。主人が注意した泥棒も出ない。みなが注意しているので、隙がないのか、あるいは盗むほどのものをもっていないのか。

ベッドハウスの朝は早い。山谷とちがって日雇い労務者は少ないが、朝遅いとその日の仕事にアブレたり、損をするのは同じらしい。ドヤでは「早起きは三文の得」なのである。食費五百円、ドヤ代二百五十円、その他で最低千円の生活費はどうしても必要なのである。アブレがつづくと、ドヤにも泊まれなくなってしまう。

ギャンブルで儲けたり、日雇いで稼いだ金が少し余っていたりして比較的懐《ふところ》の暖かい連中は、平九郎《へいくろう》をきめる（ブラブラすごす）。

彼らはたいてい朝のぎりぎりの時間まで、ベッドで眠り、大衆食堂へ食事に出かける。ドヤの周辺には、たいてい安い食堂がある。大盛りライス七十円、同じく七十円のかけそばかうどんをおかずにして食う。少し余裕があればそれにヤンカラと称するショウチユウのコップ酒をつける。食事が終ると、パチンコか競馬場か映画へ出かける。

そして夕方五時のベッドハウスのオープン時間になると、帰って来るのである。風呂は一日おきにたつ。湯量も豊富にあってわりあい清潔である。ただし便所の汚いのには閉口した。それは言葉どおりの「便所」だった。

主人の話では、いくら清掃してもすぐ汚してしまうそうである。汚すのは一泊組で、長期組は、近くのホテルやデパートの清潔なトイレットへ用を足しに行く。帰りにトイレットペーパーや石けんを失敬して、デパートの試食コーナーで、〝食事〟をすまし、駅のトラッシュから新聞や週刊誌を拾ってくれれば、ドヤ代だけで一日をすごせると、指物師が教えてくれた。教授はもっと上手で、都内の一流ホテルのどこかで毎日開かれている各種パーティに潜り込み、たらふく飲食したあげく、引出物や記念品をもらってくる。「教授」の貫禄があるのでだれも怪しまないそうだ。怪しまれたところで会場をまちがえたといえばすむ。教授はこれを時々バーゲンセールする。家族持ちにけっこう捌《さば》けるのである。

二週間経った。田所はいっこうに姿を現わさない。ドヤ生活もイタについてきたが、それはそれだけ刑事たちに疲労がにじんだせいかもしれない。風呂場での洗濯は禁じられているので、下着だけ買ってきて替えているが、総体にうす汚れてくるのは防げない。「もしかすると田所は、ここへ戻って来ないのではないか」という迷いが湧いてくる。あるいは、二人が張り込んでいることがすでに田所の耳に入ってしまったのかもしれない。そうだとすればここで待ち伏せていてもなんにもならない。迷いと不安が、彼らの疲労をうながしていた。

だが迷いの底にも、捨てきれない望みがあった。田所は、八月の初旬にここへ来てから、「出たり入ったり」したそうだ。すると、今度も帰って来る可能性がある。主人にも連絡があったら聞いておいてくれと言い残していった。田所には帰って来るつもりがあるのだ。張り込みは、迷いの生じたときがいちばん辛《つら》い。それを彼らは経験から知っていた。

「対島君、いまが正念場だぞ」

「わかってます」

「奥さんにはすまんが、頑張ってくれ」

「おたがいさまですよ」

二人はたがいにはげまし合った。


三週間経過した。さすがの刑事らの忍耐も限界に達していた。もしこれ以上張り込みをつづけるようであれば、本部に交代を要請しようとおもった。

逮捕状がでていればともかく、任意捜査の段階でこれだけ長期の張り込みになると、体力よりも気力が萎えてしまう。張り込みが功を奏しても、相手を拘束できないのである。まことにお先真っ暗な張り込みとなる。

本部はなぜか田所の別件逮捕に消極的であった。重要事件の捜査においては、いわゆる刑事間で「ケツを取る」といわれる別件を探して逮捕状を用意するのが普通であったが、本部は田所の出方を見てからこの奥の手を使うつもりらしい。

張り込みを開始して三週間めの夕方であった。惰性のような張り込みをつづけていると、玄関のオートドアが開いて、その日の最初の客が入って来た。

登山帽をかぶり、サファリ・スーツに似たジャンパーを着ている。ハイキング帰りのような、わりあいこざっぱりした身なりであった。帽子が顔を隠していたので、特徴をつかみそこなった。そのとき帳場にいた主人が、登山帽の男にわからないように握り拳ある。

の上に拇指《おやゆび》を突きたててみせた。それが主人との間に取決めておいたサインであった。緊張が二人の刑事の体をこわばらせた。ようやく長い追跡と張り込みが報われたのである。

「また厄介になるよ」

「今度はどのくらいいるつもりだい？」

「そうさな、とりあえず四、五日、もっと長くなるかもしれない。なにか伝言がきているかな」

「べつになにもきてないよ」

田所はこちらに背を向けて帳場の主人と話している。なじみなので、氏名や住所は取らないらしい。刑事は静かに移動したつもりだったが、慌しい気配が動いたらしい。田所がそれを敏感に悟って、振り向いた。

「田所尚和……さんですね」

刑事が声をかけると、一瞬、田所は顔面を蒼白《そうはく》にして立ちすくんだ。

「少々おうかがいしたいことがありますので、署まで同行してください」

刑事らが近づくより一拍早く、田所は身をひるがえした。刑事らに油断があったわけではないが、まさかこんな風に逃げ出すとはおもっていなかった。張り込んではいたものの、まだ任意捜査の段階なのである。

刑事らは愕然として追跡の態勢に入った。田所まで数歩の距離があった。ちょうどそのとき、オートドアが開いて、一人の客が入って来た。田所はその客を突き飛ばして、開いたドアから逃げ出した。二人の体重を除かれてドアは、刑事の前でするすると閉まった。開扉のメカニズムが働くまでにさらに一拍の遅れがある。その間に田所はかなり前方を凄《すさま》じい勢いで走っていた。街灯がなければ見失ってしまう。

刑事らは焦った。ここで逃がしたら、これまでの苦労が水の泡になる。逮捕状を取っていないが、これで田所は自らの罪を認めたようなものであった。彼の逃走は、これまで蒐めた情況証拠と相加されて、逮捕状を取りやすくしてくれるだろう。

二人は必死に追った。だが田所の脚力は刑事のそれを上まわった。捕まったら最後という限界状況が、彼の能力以上の脚力を発揮させているのだろう。

まず、針生の息がつづかなくなった。心臓が割れそうに弾んでいた。

——対島君、頼む——と言ったつもりが、言葉にならない。若い対島が独りで追いつづける。だが距離は開く一方であった。田所は駅の方角へ走って行く。増えてきた人ごみの中にまぎれそうになった。

「だれか、その男を捕まえてくれ。警察です、協力してください」

窮余の一策で、対島は通行人に呼びかけた。通行人の間にどよめきが起きた。田所の前に来た通行人の一群が、対島の呼びかけに応えて立ちふさがった。田所ははさみ撃ちの形になった。

追いつめられた田所は、車道へ飛び出した。ちょうどそこへ青信号になっていっせいに動きはじめた車の先兵が加速してやって来た。

距離がなかったのでたがいに避けきれなかった。急ブレーキの軋《きし》りと、ボールが金属のフェンスにでも弾んだような音がした。

「しまった！」

対島は、全力疾走によって火照った全身の血が逆流するように感じた。通行人の協力が裏目に出た。もしここで田所に死なれたら、事件の真相は、永久に不明となる。対島と針生は田所がホシにちがいないという確信をもっていた。自分の足で犯人を追いつめた者の実感である。それがほんのちょっとした油断から犯人を死なせてしまったら、その責任はもはや償うことができない。

「田所、生きていてくれ」

対島は初めて神に祈った。祈りながら走った。

「だれか救急車を呼んでください」

田所の倒れている場所にわらわらと駆け集まって来る弥次馬の群に向かって、対島はふたたび叫んだ。生死不明であるが、とにかくその生命を救うべく全力をつくすことが、いまの対島に課せられた義務であった。

「生きてる」

いち早く駆け寄った通行人の声が耳に届いた。

「触らないで！」

倒れた田所の身体を抱え起こそうとした通行人を、ようやく駆けつけた対島が制止した。路面に血は流れていない。身体にも外傷はなさそうであった。だが内部にどんな複雑な傷ができているかわからない。特に脳内傷は、灰を積み重ねたようにデリケートである。抱き起こされて身体を揺すられでもしたら、救える者も救えなくなってしまう。

救急車が来た。田所はもよりの救急病院へ収容された。ということは、まだ生きている証拠であった。幸いに、田所の傷は大したことはなかった。車が、信号が切り換って走りだしたところで、まだあまり加速していなかったために、衝撃《ショック》も小さかったらしい。加療一週間の顔面の擦過傷と、約一カ月間の右大腿骨《だいたいこつ》骨折の傷害を負ったにとどまった。脳その他の重要臓器には、異常は認められなかった。

これははからずも、田所の動きを封じて、ゆっくりと取調べられることになった。しかも意識に障害はないので、取調べにはまったく支障がない。

2

野辺地署から本部のスタッフが上京して来た。

野辺地署に設けられた捜査本部が、田所を収容した病院に移された観があった。捜査係長は針生と対島の労をねぎらった。だれもが田所を本ボシとにらんでいた。それは手《て》練《だれ》の猟師の手応えのようなものである。

だが取調べを開始すると、捜査本部はたちまち厚い壁にぶつかってしまった。

まず、なぜ捜査官の姿を見て逃げ出したかという問に、

「警察と聞いたんで、びっくりしたんですよ」

――なぜびっくりした？　身に疚《やま》しいところがなければ、なにも警察にびくびくすることはあるまい――

とたたみかけると、

「いまどき、まったく身に疚しいところのない人間がいたら、お目にかかりたいね。とにかく一国の総理大臣が地位を利用して国有地を取込んで、必ず疑いは晴らすといいながら、いけしゃあしゃあとしているご時世じゃござんせんか」

とせせら笑った。

――話をすりかえてはいけない。おまえはなぜ警察にびっくりしたかと聞いているんだ――

「知りたきゃそっちで探り出しゃいいでしょ、それで月給もらってるんじゃなかったのかね」

――九月十七日午後八時から十時ごろまでどこで何をしていたか――

「さあ、そんなこといちいちおぼえちゃいないね」

――おまえはその間、青森県野辺地町のアパート桃園荘四号室に奥山千秋さんを訪ねていただろう――

「そんな女は知らないね」

――結婚前の名前は村井千秋だ。おもいだしたろう――

「いっこうに」

――とぼけても無駄だ。おまえが長野県浅間温泉銀嶺閣に村井さんの移転先を訪ねていったことはわかっているんだ――

「さあ、そんなことがありましたかね」

――銀嶺閣で行方がわからないので、さらに長野市信州屋デパートの中にある大商頒布会へ出かけて行って、村井さんの住所を訊いた――

「おぼえがないね」

――大商で断わられると、上尾市に住む姉さんの高田光枝さんに頼んで首尾よく村井さんの住所を聞き出した。どうしてこうまで執拗《しつよう》に村井千秋さんの行方を追ったんだ？――

「千秋はたしかにおれの女だった。どうして自分の女を追ってはいけないんだ？」

――その女性が殺されたんだよ、鋭利な刃物で胸や腹をめった突きにされてな。おまえが殺したんだろう――

「冗談じゃない、どこにおれが殺《や》ったという証拠があるんだ？」

――これはあんたのものだろう――

田所は捜査官の提出した犯人のトレンチコートを一瞥《いちべつ》して、

「知らないね」

――南里荘に聞いたところ、お前が同じ様なコートを着ていたのを見たといったぞ

――

「おれの名前でも書いてあったのかね」

――それはないが――

もちろんトレンチコートの汗や汚れなどの科学的検査はしているが、被害者のおびただしい血液と混合して、犯人の血液型を割出すに至らなかった。

「それ見ろ、そんなコートなんか全国にゴマンと出まわっている。似たようなコートと、同じコートをいっしょにしてもらっては困るぜ」

――そのコートをどこへやった？――

「盗まれちゃったのさ。南里荘は泥棒の巣だよ。そんなコートを探す前に泥棒の取締りをしたらどうだ」

田所は捜査本部の持ちゴマが弱いと見て、次第に余裕を取戻してきた。

――村井千秋さんとはなぜ別居していたのか――

「それはこちらの都合だよ、プライバシーってやつだね」

――鶴巻温泉へ来る前は、どこで何をしていたんだ？――

「いいたくないね、知りたけりゃ自分で調べたらいいだろう」

田所は完全に開き直っていた。捜査本部は手持ちゴマの薄弱なうちに王手をかけて、敵をかたい囲みの中に逃げ込ませてしまった形であった。

情況証拠だけで功を焦りすぎたのである。ここまで追いつめながら、厚い壁に阻まれて、どうすることもできない。壁の向こうでは犯人がせせら笑っている。その笑い声が耳に響くほどに近い距離にいながら、壁を乗り越えられない。捜査本部は歯ぎしりをするおもいだった。

3

東京で田所を攻めあぐんでいるころ、野辺地の留守部隊は、地道な聞き込みによって有力な情報をつかんでいた。

犯人の足跡は、犯行後桃園荘からの畑の中の農道と、国道4号線の交叉《こうさ》するあたりでプッツリと絶えている。〝交叉点〟は、人家が絶えて、野辺地名物の防風林が並木のようにつづいている寂しい所である。捜査陣は犯人が同国道を上下する車に便乗して逃走を図ったとにらんで捜査をつづけていた。

野辺地署では犯人が逃げた農道と4号線の〝交叉点〟付近に、事件発生日より、毎日、犯行時間帯に同国道を往来する車に聞き込みをかけた。車には一定の流れがある。通勤車は朝夕一定の時間に往復するし、長距離便にしても、週あるいは月何回かの単位で同じ時間帯に同じ場所を走ることが多い。根気よく聞き込みをつづけていると、犯人を便乗させた車、あるいは便乗車を目撃した車に当たる可能性があった。

並行して行なった県下および近隣県の4号線沿いのドライブ・イン、ガソリンスタンドなどの捜査からはめぼしい収穫は得られなかったが、事件発生から約一カ月後、関西方面から帰って来た青森の運送会社のトラック運転手から九月十七日午後九時半ごろ、同〝交叉点〟付近で一時停止をしていた家畜輸送車を見かけたという聞き込みを得た。

「ほんの短い時間に通過してしまったので、なんのために停まっていたのかわからない」

ということだったが、犯人の足跡が消えたあたりに、犯行時間帯に停止していた車があったことは見過せなかった。

さらにその長距離便運転手を問いつめて、その家畜輸送車が牛を積んでいたらしいことがわかった。夜目の一瞬の観察で、車種や登録番号《ナンバープレート》までは確かめられなかったが、十一トン級の大型車体とその後部の幌《ほろ》の隙間から牛らしい姿を認めたと話してくれた。本部ではこの聞き込みを重視した。牛輸送車となれば、北海道から来たにちがいない。牛専門の輸送業者は数がかぎられる。その方面を捜査すれば、犯人の便乗車がわかるだろう。留守本部はにわかに活気づいた。

ここに連係して浮かび上がったのは、岩手県下十三本木峠の牛トラ運転手殺害事件である。この事件は東北管区警察局から「広域重要事件捜査要綱」に基づき、東北管区認定の広域重要事件とする旨の通達が発せられていた。「牛トラに便乗したアパート若妻殺害の犯人が、運転手の口を塞ぐために殺したのではないか」という、うがった説が出された。だが、牛トラ襲撃の犯人は複数であり、計画的犯行であったことがわかっている。

野辺地のアパートの若妻を殺害した犯人が、牛を奪うために犯行直後共犯者を雇い、連続して牛トラ運転手を襲ったとは考えられない。

念のために、被害トラックの車内を検べてみたが、車内から若妻殺害事件の被害若妻の血痕、毛髪等痕跡は発見されなかった。

牛トラ襲撃の犯人と、若妻殺害犯人を重ね合わせるのは、無理のようであった。一方、北海道警の協力により、牛およびその他の家畜輸送業者を当たったが、野辺地の〝交叉点〟付近で犯行当夜不審の人間を便乗させた者は現われなかった。また同所で一時停止したことをおぼえている者もいなかった。長距離便の場合、短い一時停止をおぼえていなくとも、不思議はない。また運転手は、通過する一点にすぎない沿道の一時停止した正確な位置を把握していないのが普通である。

結局、青森の長距離便運転手が見たという牛トラは、なにかべつの理由で停まっていたのだろうと推測されたのである。

4

秋空に花火が鳴った。天の真芯に小さな白煙が、閃光とともに綿を千切って投げつけたように三つ四つ浮かぶと、一拍遅れてポンポンと炸裂《さくれつ》の音が響く。鼓笛隊がいっそう雰囲気を盛り上げる。

校庭にひるがえる色とりどりの万国旗、よういスタートのドン、子供たちの元気のよい歓声が沸く。大きいのも小さいのも、太いのも細いのも、みな一心に走る。各種徒競走、騎馬戦、リレー、破鈴《はれい》、二人三脚、綱引き、父兄参加の借物競走、番組が次々に消化されていくにつれて、興奮も高まっていく。前夜まで雨が降りつづいて、危ぶまれた運動会が、一夜明けるとカラリと晴れ上がって、絶好の運動会日和となった。

今日のために、生徒約八百人はそれぞれのクラス単位、学年単位、あるいはプログラム単位に、熱心に練習してきたのである。

これが雨天のために延期されたら、せっかく張りつめた気が抜けてしまうし、日曜日と平日では父兄の参加がグンとちがってくる。

生徒の中では昨夜照る照る坊主をつくった者がずいぶんいた。その祈りが聞きとどけられたとみえて、今日はまた気が遠くなるほどに晴れ上がった。雲一つない秋晴れの空は、天心から、地平線まで濃密な紺碧《こんぺき》がきっぱりとつづいている。

愛児の姿をおさめんものと、カメラをいくつもぶら下げた親馬鹿の父親たちが、フィールドまで進出して盛んにシャッターを切っている。機関砲のような望遠レンズを構えている者もいる。おそらく彼らは、今日の運動会が明日に延期になっても会社を欠《やす》んでやって来るにちがいない。そんな父親たちの姿を見ていると、沼沢俊枝《としえ》は胸をしめつけられるようなおもいがした。

（あの子は、どんなおもいでよその父親たちを見ているだろう）

そうおもうとたまらなかった。

沼沢が凶悪な犯罪の犠牲になってから、すでに一カ月以上経つ。警察の必死の捜査にもかかわらず、犯人はまだ挙がっていない。

あの突然降って湧いた事件によって、親子三人のささやかなしあわせに満ちた小宇宙は、踏み蹂《にじ》られてしまった。母親がどんなに両手を広げても、父親の埋めていた部分を補えない。

常ならば、太一の運動会の日は、乗務を繰り合わせて、必ず見に来る父親であり、夫であった。それが今年からは決して見に来てくれないのである。

だが、太一はその寂しさによく耐えて、父親のことを口に出さなかった。いえば母を苦しめるだけであるのを知っているのである。運動会が近づくと、父を失った悲しみを忘れて一生懸命練習にはげんだ。

今年は、太一の学年はピラミッドを組み立てることになった。十人一組になって四段のピラミッドを組むのである。小柄で体重の軽い太一は、最上段でピラミッドの頂上になる。

四段にも積み重なると、なかなかうまく重心が取れず、これまでの練習では、失敗ばかりしていた。本番のときにできなかったらどうしようと、太一は日が近づくにつれて心配した。四段に組んでから、笛といっしょにみながいっせいに顔を上げる。このときに重心がくずれやすいのである。

「大丈夫よ、きっとできるわよ、母さんがうんとご馳走《ちそう》作って応援に行ってあげるからね」

俊枝はそういって、わが子を励ました。太一はすぐに子供らしく元気を取戻して、のり巻や玉子焼やチョコレートやリンゴなど、お弁当にもってくるものをリクエストした。それが例年なら三人分になるところを、今年は二人分でよいのだ。でも三人分もっていこうと俊枝は秘かに心を決めていた。

昨夜、太一はタオルに綿をつめたとてつもなく大きな照る照る坊主を軒下にぶら下げた。いまだにピラミッドがよくできないのに、運動会を楽しみにしているわが子の素直な心が、俊枝は嬉《うれ》しかった。それを父親ゆずりだとおもった。

プログラムが進み、太一たちの演技が近づいてきた。俊枝は落ち着かなくなってきた。太一は家に帰ってまで俊枝の背中をかりて練習した。おかげで肩や背が痛い。できることなら成功させてやりたい。あんなにも熱心に練習していたのだから、これだけ大勢の見物人の前で、立派にピラミッドのてっぺんに立たせてやりたかった。

いよいよ、太一の学年の演技がはじまった。扇、ブリッジ、サボテンなど生徒が組み立てる都度、割れるような拍手と歓声がおきる。

ピラミッドの組み立てがはじまった。十人一組、男と女に分かれて十六組がいっせいに組み立てをはじめる。組み立て途中で早くもボロボロと崩れ落ちる組もある。

太一の組は、いまのところうまくいっているようである。二段目が乗り、その上に三段目が乗る。ついにてっぺんの太一の番がきた。このてっぺんに上るときの呼吸が最も難しい。ちょっとしたバランスのくずれが、全体の崩壊をまねく。

息をのむ一瞬がすぎて、太一はうまく頂上に上った。ピリピリと笛が鳴った。組み立てに成功した組がいっせいに首を前方へ上げる。そこに見事な人間ピラミッドが数組できあがった。

いままでのどの演技に対するよりも盛大な拍手と歓声が沸いた。俊枝はピラミッドの頂上に立って誇らしげにグイと首をもたげたわが子の姿に、目頭《めがしら》を熱くした。ここに夫がいたらとおもうと、よけい胸に熱いものがこみ上げてくる。太一には父を失った暗い翳《かげり》は感じられなかった。また花火が景気よく青い高所に炸裂した。

――あなた、見て。太一は立派にやっています――

俊枝は亡き夫に語りかけていた。演技は終って、生徒たちは退場した。間もなく太一は嬉しそうに頬を火照らせて、母のいる父兄席へやって来た。

「ターちゃん、よくできたじゃない」

俊枝は精一杯ほめてやった。だが、太一は俊枝の言葉もうわのそらに父兄席をきょろきょろ見まわしている。

「ターちゃん、どうしたのよ」

「うん、お父さんが来てたんだよ」

俊枝はたずねた。

「お父さんが！　まさか」

「本当だよ、ピラミッドの上に立とうとしたとき、お母さんの後ろに立って手を振ってくれたんだ。だからぼくてっぺんに立てたんだよ、たしかこの辺にいたんだ」

太一は、俊枝の背後のあたりを指さした。俊枝はハッと胸をつかれて、

「それじゃあきっと来てくれたのよ、ターちゃんのピラミッドを見るために応援に駆けつけてくれたんだわ」

「でも、どうして待っていてくれなかったんだろうなあ」

そのとき太一はまぎれもなく父を失った子の陰翳を全身に刻んでいた。それはどんなに明るく振舞っていても、周囲の子供たちとはなじまない翳であった。

鼓笛隊の演奏がはじまった。すべてのプログラムが終り、最後のパレードがはじまるのである。

「母さん、ぼく行ってくる」

太一は、父のおもかげを探すのを止めて、パレードの列に加わるために走りだした。

マスコットの告発

1

「牛トラ運転手殺害事件」の捜査は、まったく進展していなかった。それは紫波町の家畜商殺しの捜査の停滞をもしめすものである。

二つの捜査本部は、いちおう独立していたが、事実上は合同しているようなものであった。紫波町周辺の丹念な聞き込みにも、なんら怪しいものは引っかかってこない。紫波町のもより駅は日詰《ひづめ》か古館《ふるだて》駅である。もちろんこの両駅にも聞き込みがなされたが、当夜の乗降客は土地の人間ばかりで、不審の者はなかった。

犯人は車を使った可能性が強いが、地元および、花巻、盛岡のタクシー、ハイヤー業者にも該当する不審の乗客を乗せた記憶がない。となると、マイカーかレンタカーで来た疑いが強くなる。しかしマイカーのたぐいとなると、聞き込みの及ばないかなたへ一気に高飛びされてしまう。いずれにしても、犯人の足取りは杳としてつかめなかった。

捜査本部には疲労が重く澱んでいた。会議の発言もとみに減った。朝いちおう顔を揃えると、捜査係長から型どおりの訓示をもらって、重い足を引きずりながら徒労の色濃い聞き込みに出かけて行く。

殺人事件の捜査においては、捜査の初期にいくつかの仮説や推測が立てられて、捜査の間口を広げざるを得ない場合が多い。捜査対象も豊富にあって、それらを一つ一つ消していくために、人手はいくらあっても足りないくらいである。

だが今回の捜査は、最初から捜査対象がかぎられていた。最も太いセンは、牛トラ運転手殺害事件との関連である。だが、牛トラのほうが依然として暗中模索の状態であるから、むしろ本件は行きづまった牛トラ側に新たな捜査対象を提供した形になった。

地元の不良や、家畜商仲間、牧場主関係も速やかに消されていった。ナガシの犯行は考えられない。殺人事件の捜査は、一言に〝消し〟の積み重ねであるといわれる。捜査線に引っかかった怪しい人物を一人ずつシロくしていく。一人でも多くの容疑者をあげて、丹念に消す。先入観や偏見予断を排して、事実だけにもとづいて、消していく捜査が、結局、真犯人《ホンボシ》に導くのである。

しかし本件には、初めから容疑者が浮かび上がらないのである。少し浮かんでもすぐに消されてしまう。消した後に捜査力が空転している。捜査本部が最もくさる状況である。

これは、最も黒い容疑者がありながら、決め手がつかめずに行きづまっている野辺地側と対照的であった。だがどちらも辛いことには変りはない。

そんな中で、青柳刑事は依然として三戸第一停止にこだわっていた。ここに牛トラ運転手殺しと家畜商殺しを解く共通の鍵がひそんでいるような気がしてならなかった。

だが、捜査本部では彼の意見は顧られなかった。

このごろは彼は聞き込み班の主力からはずされて、遊軍のような形になっている。捜査が停滞しているせいもあったが、青柳は、三戸第一停止にこだわったせいだとひがんでいた。

「おまえだけが、真犯人を知っているんだなあ」

青柳は、その無念さを抑えて指であるものを玩《もてあそ》んでいた。それは彼が被害車両から拾い取ったまま、もっていた例の八幡馬の馬玩である。彼はそれを犯人が逮捕されたとき、本来の所有者たる少年に返してやるつもりだった。

だがこの調子では、その日はなかなかやってきそうもない。犯人を挙げる前に返さなければならない破目になるかもしれなかった。

「せっかく息子が心をこめて、親父《おやじ》さんに贈ったのにな」

そういう目で見ると、馬玩は少年の願いに添って、その父親を守り切れなかった責任から、身をすくめているように見える。

「おまえのせいじゃないさ。車の外へ引きずり出されて殺されたんだからな。でも犯人を知っていたら、教えてくれよ」

青柳は、馬玩を掌に転がしながらつぶやいた。彼の掌を駆けていた馬玩が少し力が余って、そこからこぼれ落ちた。床に落ちて弾んで、ころころと転がった。

慌てて追いかけた青柳が、拾い上げたとき、ふと目の前を強い光が駆け抜けたように感じた。

「まさか」

青柳はつぶやいた。一瞬の閃光が照らし出した視野になじめない。

そんな簡単なことに、いままで気がつかなかったはずはないのだ。だが、それを確かめたという記憶も、彼にはない。

青柳は慌てて、本件の捜査資料を調べた。やはりなかった。視野の中の新たな展望が次第にはっきりした輪郭をとってきた。彼はちょうどその場に居合わせた村長係長の所へ行った。

「どうしたんだね?」

村長は、若い青柳のおもいつめた表情に、少し驚いたように体をおこした。

「係長、牛トラの運転手は、馬喰上がりが多いということでしたね」

「それがどうがすたのがね」

「すると、馬の方にも牛トラに詳しい連中がいても不思議はありませんね」

「まあそういうことになるな」

「これまで洗ったのは、すべて牛関係でした。せっかく牛を奪っても、密売ルートがなければなんにもなりません。犯人はそのルートをあらかじめもっていたところから、牛に詳しい人間と見られて、牛専門の輸送業者や、牧場主、家畜商が洗われたのですが、牛トラ運転手が馬喰上がりなら、牛と馬は共通しています。馬の関係も洗うべきだったのではないでしょうか」

「そうが！」

村長も峠に立ってかなたの展望を見たような顔をした。「牛トラ」から、牛関係者だけを追っていたのは、観念の固定であった。森に入って、木ばかり見ていたのである。

「青柳君、いいところに気がついたぞ」

村長の目にここのところ沈んでいた強い光がよみがえった。青柳は、被害車の中から拾った八幡馬の馬玩からこのヒントを得た。もしこの方向に犯人が潜んでいるなら、子が父に贈ったお守りは、遅蒔《おそまき》ながらその責任をいくらか償ったことになるだろう。

牛と馬は共通しているようだが、専門の取扱い業者は異なる。飼料、生態、価格、用途、販路等も異なるので、牧場、輸送業者、家畜商もそれぞれに変ってくる。ただ輸送業者だけが馬喰上がりが多いので、いまは牛専門に扱っていても、馬に詳しい者が多い。

「安田とコネをもっていた犯人が、〝馬関係〟だとすると、牛だけでなく、馬も売っていたかもしれない」という仮説の下に、安田圭造の過去の取引き記録がすべて調べられた。そして、三年前の九月、一頭だけ不明の売主から栗毛《くりげ》の馬を買った事実が浮かび上がった。

「この馬を売ったやづが臭い。もしこの馬がそのセンから来てれば、危《ヤバ》い馬にちがいね。この近ぐで盗んだ馬を売りつければすぐにわがってしまう。すると北海道から輸送中の馬ば引っこ抜いたのにちがいね。馬輸送の専門業者をすらみつぶしに当だれば、一頭途中で蒸発すた馬がわがるべ。その輸送車の運転手が犯人だ」

村長の推測には自信があった。ただちに北海道へ捜査員が飛んだ。もちろん殊勲者の青柳も出張者の中に入っている。北海道から本州へ馬を輸送する専門業者のリストがつくられた。そのほとんどが札幌に集まっている。また本店が道央、道北、根釧《こんせん》方面にあっても、札幌に出張所を置いていた。

捜査本部では、被害者が所属していた大道陸運の事情に詳しい者という推測から、札幌の馬輸送業者とにらんだ。

北海道警の協力の下に、この捜査には間もなく反応があった。すなわち札幌市東区北十一条東十七丁目北栄《ほくえい》運輸会社で昭和四十×年九月三十日ごろ長野市に向けて輸送した馬十五頭の中《うち》、アングロノルマン種栗毛の乗馬が降り地へ着いたところ、赤毛の駄馬にすり替っていたという事件があった。

「どうしてそんなことが起きたのですか？」

捜査員はたずねた。

「運転手が途中で駿馬《しゅんめ》とボロ馬を入れ替えてサヤを稼いだのです」

「そんなことができるのですか？」

「こちらは運ぶだけですから頭数さえ揃っていればかまいません。馬の内容がちがっても、売主と買主の問題になります。まさか運転手が入れ替えたとはだれもおもわないから買主は売主に文句をいってきます。運送屋に売主がおかしいといってくるのは、だいぶ後になります。しかし運転手がたしかにその馬を積み込んだといい張るかぎり、証拠がないので、水掛け論になるだけです。うちでも運転手の仕業だと、だいたい見当をつけても、証拠がありませんのでね。そのときは多少の見舞金を包んで示談にしてもらいました」

「そのときの運転手は？」

捜査員は意気ごんだ。

「宮永《みやなが》と伊波《いば》といいます」

「その二人、いまいますか」

「そういう人間ですからマークしていたところ、間もなく帰り車で運ぶ野菜や雑貨を横流していたことがわかって、馘にしてしまいましたよ」

「いまどこにいるかわかりませんか」

捜査員はなにものかに祈るように聞いた。

「さあ、本籍地はわかっているから、そちらの方へ問い合わせたらわかるかもしれません」

北栄運輸から聞き出した二人の不良運転手の氏名と本籍地は、次のとおりであった。

宮永陽一《よういち》（二八）岩手県花巻市坂本町三十×番地
伊波道夫《みちお》（二六）千葉県茂原《もばら》市小轡《こぐつわ》四の二十×番地
宮永の生地の花巻は、紫波町からわずか十七キロしかない。宮永は、紫波に土地カンがあったのだ。直ちに二人の身上と前歴の照会が行なわれた。

その結果、宮永陽一が四十二年三月から四十五年十月にかけて埼玉県熊谷《くまがや》市、深谷《ふかや》市、本庄《ほんじょう》市等において、窃盗および婦女暴行で逮捕歴のあることが判明した。伊波のほうには前科がないところから、宮永と組んで長距離便に乗っている間に悪の道へ引きずり込まれたものと見られた。

宮永の被疑者写真が取寄せられて、二人に一度会ったことのある家畜商小室喜八郎に写真面割りを行なった結果、牛を売りに来たカストロ帽の二人組の一人に非常によく似ているという証言を得た。

しかしながら同一人物と確認されたわけではないので、まだ指名手配をする段階には至らない。捜査本部に残された手は、この二人の行方を突き止めることであった。

だが花巻と茂原の二人の生家を当たっても、ここ数年音信不通で、まったく居所がわからないということであった。家族は真剣に彼らの居所を知りたがっており、隠している気配は感じられなかった。

捜査本部の失望は大きかった。一つの節を突き破ると、また次の節が行手をピタリと閉塞している。まったくこの事件は永久に節がつづいているような感がした。

失望の捜査本部の中で、佐竹刑事がおもしろいことに気がついた。

「窃盗と婦女暴行か、いずれも埼玉県でやっている。しかも高崎線の沿線だ。この辺に何かないかな?」

佐竹は、宮永を逮捕した各署に当たった。そして宮永の婦女暴行が、当時埼玉県北の高崎線沿線に勢力を張っていた不良女学生グループ『武州女番長連合』と〝提携〟して行なわれたことがわかった。

提携というのは、宮永が武州女番長連合の地区番長と親しくなり、グループの掟《おきて》を破ったり、裏切《チク》ったりしたメンバーの制裁役をつとめていたことである。宮永は、その地区番（長）間のいわゆる情夫《マブダチ》で、チクったメンバーを片っ端からリンチにかけていた。宮永はグループの客分であり、相談役であったそうである。宮永にリンチされた女子高生の親が訴え出て、事件が明るみに出た。その後北海道へ流れて来て〝馬トラ〟の運転手になってから、以前のスケバングループとのコネを使って、運搬物資の横流しをしていた事実が照会各署から回答されてきた。

「その地区番との関係がいまでもつづいているかもしれない」

佐竹は、直ちに宮永の情婦だった地区番の行方を追った。その地区番長柳恵子《やなぎけいこ》が所属していた武州女番長連合は、現在高崎・前橋方面のグループと合体して『上武女番連合』となり、彼女はOLになっていた。番長グループの口のかたさにめげず、執拗に聞き込みをつづけて、ついに彼女が現在、熊谷市のボウリング場『武州ボウルズ』に働いていることがわかった。

柳恵子の身辺捜査がひそかに行なわれて、彼女が現在住んでいる市内のアパートに宮永がいっしょにいることを突き止めたのである。

宮永は北栄運輸を馘になったとき、会社の金を五万円ほど拐帯《かいたい》している。とりあえずその容疑で逮捕状が取られた。

長い地道な捜査がやっと実を結びかけていた。捜査本部から宮永逮捕に向かったのは、佐竹と青柳他四名の捜査員である。重要事件の容疑者なので特にいつもより多い人員が差し向けられた。

熊谷署の協力の下に、まず武州ボウルズの内偵が行なわれ、柳恵子が出勤していることが確かめられた。恵子のアパートに張り込みが行なわれて、宮永が午後四時ごろ外出から帰って来たのが見届けられた。

「とうとう来ましたね」

「うん、とうとう来た」

佐竹と青柳は顔を見合わせてうなずいた。捜査会議でしばしば意見が対立した二人だったが、それもこの日この時間を手元にたぐり寄せるためであった。

青柳は、ポケットの中にひそませてある例の八幡馬をそっと上から押えた。これを持ち主に返すときがすぐそこまで迫っている。

強盗殺人容疑で逮捕できないのが心残りだったが、彼らには、宮永が本ボシの自信があった。

柳恵子のアパートは市のはずれの荒川《あらかわ》堤防の近くにある。堤に立つと、秩父《ちちぶ》や上信越方面の山なみがよく見える。

「青柳君」

踏み込む直前に佐竹が呼びとめた。は？　と顔を向けると、

「きみが逮捕状を執行したまえ」

「佐竹さん」

「いいんだ、きみはよくやったよ」

佐竹が白い歯を出して笑った。「鬼竹」らしくない柔和な笑顔だった。

アパートの周辺は、万一の逃走をおもんぱかって、熊谷署の応援隊がかためている。アパートはプレハブの二階建てである。二階には三戸あり、柳と宮永はその中央の部屋に同棲していた。廊下はなく、玄関口に各戸専用の階段が付いていて、それぞれの独立性が保証された構造になっている。つまり、二階から飛び下りでもしないかぎり、その階段以外には部屋の出入口はない。

青柳は階段を一歩一歩踏みしめるようにして上がった。犯人の抵抗に備えて身構えながらドアノブに手をかける。佐竹刑事がかたわらに立って援護の姿勢を取った。緊張がピーンと張りつめた。

ドアノブがカチリとまわった。幸いに錠は下りていない。そっとドアを開くと、そこは半畳ほどの三和土で男女の履物が乱雑に脱ぎ捨てられてある。玉すだれ越しに覗くと、四畳半程度のダイニングキッチンと奥の居間が一目で見渡せる。宮永はそこであぐらをかいてテレビを見ていた。

ドアが開いたので、空気が動いた。宮永は気配に気づいて、こちらを見た。

「なんだ、なんだ、人の家に勝手に入り込んで来やがって」

口をとがらしかけるのへ、

「宮永陽一だな」

「それがどうした⁉」

強がりを見せたが、早くも顔色が変りかけている。青柳は素早くそばへ駆け寄った。

「窃盗容疑で逮捕する。逮捕状が出ている」

同時に手錠が振り下ろされた。カチリと、耳を澄ましていなければ、聞きとめられないほどの音がした。だがそれが夢にまで聞いた音であった。佐竹が、そのかたわらに影のように立っていた。

2

宮永陽一の身柄は直ちに捜査本部へ護送された。熊谷市のアパートも捜索されて、犯行時着用していたと思われるカストロ帽および、茶の作業服上下が発見された。これらの証拠品も押収され、鑑識の厳密な検査にかけられた。その結果、作業服から被害者の血液型に符合する血痕および牛の毛や排泄分泌物が微量検出されたのである。宮永の容疑は決定的になった。ここに本件の強盗殺人、死体遺棄容疑で逮捕状が発せられ、峻《しゅん》烈《れつ》な取調べをうけることとなった。宮永はかなり頑強に抵抗したものの、取調官の粘り強い取調べについに屈して犯行を自供した。その自供によって、新宿のスナックでバーテンダーをやっていた伊波道夫も逮捕された。

宮永の自供は、次の通りである。

「北栄運輸を馘になってから、札幌、花巻、新宿などを転々としていたが、金につまってまとまった金をつかむ方法をいろいろ考えていた。そのうちにふと牛を陸送中の牛トラックを見て、牛を奪うことを考えついた。馬トラの運転手時代、コネをつけた安田圭造の所にもっていけば、危《ヤバ》い牛でも引き受けてくれる。十一トン車なら乳牛で十五頭、素牛で二十五頭は積んで来る。投げ売りしても二百万にはなる。

そこで以前いっしょに馬トラに乗っていた助手の伊波を誘って犯行計画を立てた。ガッポリと大金をつかむには、北海道から来る大型車を狙うのがいちばん手っ取り早い。どうせ危《ヤバ》い橋を渡るなら、でかい仕事《ヤマ》を踏もうとおもった。安田にはあらかじめ近いうちに牛をもっていくからよろしく頼むといっておいた。

犯行に使う小型トラックは、伊波が友達から借りてきた。こうして九月十七日青森付近で網を張っていると、大道陸運の牛トラがやって来た。ホルスタインの乳牛を満載している。運転手も一人しかいない。美味そうな獲物だとおもった。その牛トラに狙いを定めて、つかず離れずにつけて行き、襲撃の機会を狙っていた。岩手県に入って十三本木峠にさしかかるころから霧が深くなってきた。前後に車も見えない。人家も絶えている。絶好のチャンスだった。

峠にかかったところで、牛トラを追い抜きざま、『後ろのタイヤがパンクしていますよ』と声をかけて停車させた。沼沢さんはなんの疑いももたずに下りて来た。『手伝いましょう』と親切ごかしに声をかけて近づき、荷台の下にかがみ込むようにして点検をはじめた沼沢さんの後頭部をバールで力まかせに撲《なぐ》りつけた。一撃で倒れかけ、荷台に必死にしがみついたのをつづけて追い打ちを三、四回かけた。

こうして殺害した沼沢さんの死体をあらかじめ用意しておいたズック布のカバーで包み、小型トラックに乗せた。犯行の間、峠を通過した車は一台もなかった。たとえ通っても、霧が深かったので、なにをしていたかわからなかっただろう。

犯行後、伊波が小型トラックを、自分が牛トラを運転して、紫波町の厩舎へ運んで行った。その間ずっと手袋をはめていた。厩舎の近くから安田に電話した。ところがすぐに買ってくれるとおもった安田がブツを見てから、一人では買いきれないと急に尻ごみをはじめて、もう一人の仲間を連れて来た。安田以外に声をかけたくなかったのだが、金が足りないというので止むを得なかった。

安田の連れて来た仲間は、危《ヤバ》い牛だと悟ったらしく買わないといった。そのために安田までが臆病風に吹かれて、結局交渉は成立しなかった。人間一人を殺して得たものは、沼沢さんの所持金九万円だけだった。安田以外にルートはなかった。奪った牛トラや死体を積んだ車でうろうろしていて検問にでも引っかかったら、言い逃れられない。とにかく枝道へ逃げようと花巻から283号線に入り、さらに107号線へ抜けた。寂しい山の中で牛トラを捨て、小型トラックに伊波と合流して、高田へ出た。夜が明けかかっていた。海岸線を高田から気仙沼へ向かいながら死体を捨てる場所を物色し、ころあいの場所があったので、そこから海の中へ捨てた。

死体を包んだズックの布は、後で焼き捨てた。海へ投げ込んだのは、頭を殴った傷が岩にぶつかってできたと見せかけるためだった。よく考えてみればそんな幼稚な偽装をしてもなんにもならないのだが、そのときは初めての人殺しと、牛が予定したとおり売れなかったことなどで、すっかり混乱していた。死体を捨てた後は、九万円を伊波と半分ずつ分けて別れた。恵子の所に転がり込んだのは、電車の中で偶然、武州連合の元メンバーにめぐり合って、その消息を聞いたからだ。恵子はこの事件《ヤマ》にはまったく無関係でなにも知らない。本当だ、信じてくれ」

この凶悪無残な犯人にも、自分の女を庇《かば》おうとする心があるのか、宮永は必死に訴えた。

――そして安田の口を塞ぐために、殺したのだな――

「冗談じゃない、安田を殺したのはおれたちじゃない。安田のことなんか知らない」

これまで素直に自供してきた宮永が、急に否認をはじめた。

――いまさらとぼけてなんになる。おまえらが殺さなければ、だれが殺すというんだ。

安田に口を割られたら最後だ、一人殺すも二人殺すも同じだ、いっそのことと――

「よしてくれ、安田が殺されたことは知っている。警察がおれたちの仕業と疑っていたことも、新聞を読んで知っていた。しかし、あれは絶対におれたちのやったことじゃない。その証拠に、おれにはアリバイがあるんだ」

宮永は意外なことを言いだした。

――アリバイだと？――

「そうだ。安田が殺されたのは、十月十一日の真夜中だろう。ちょうどそのころ、泊まっていた旅館が火事になって警察と消防の取調べをうけていたんだ。放火の疑いがあったらしいんだが、結局、漏電ということがわかった。疑うなら、その警察に問い合わせてみてくれ。おれはあの夜、ほとんど一晩じゅう調べられていたんだ」

直ちに宮永の主張の裏付けが取られた。当夜はたしかに彼の申し立ての通り、赤羽《あかばね》の近くのベッドハウスから火を発し、建物約三分の一を焼いた。放火の疑いがあったので、同ハウスに宿泊していた住所不定の客数人が厳しく取調べをうけ、その中に宮永も入っていたことがわかったのである。宮永は安田殺しの犯人になり得ない。

一方、伊波にはアリバイはなかったが、安田殺しの動機と考えられる牛トラ運転手殺害事件においても、殺人の実行には手を出していない。終始、宮永の助手として動いた伊波が、単独で安田を殺害したとは考えられなかった。

ようやく本件の犯人を捕えたものの、捜査本部はふたたび厚い壁に突き当たったのである。

二つの捜査本部における牛トラ運転手殺しと家畜商殺しが連続しているという意識は、ほぼ固定していた。それが宮永の自供によって、根底から覆されたのである。しかし宮永らが犯人でなければ、いったいだれが家畜商を殺したのか？

すでに地元の素行不良者や流しのセンは消されていた。家畜商関係にも怪しい者は浮かび上がらない。牛トラ運転手殺害事件は解決しても、家畜商のほうがかたづかないことには少しも勝利感が湧いてこない。かえって牛トラ事件のほうもべつに真犯人がいて、翻弄されているような錯覚すらしてきた。

バトンのないリレー

1

牛トラ運転手殺害の犯人が逮捕されたという連絡がもたらされると同時に、野辺地のアパート若妻殺害事件の捜査本部から捜査員が岩手県警本部へ出向いて来た。

野辺地側では、若妻殺しの犯人が問題の牛トラに便乗したのではないかという仮説を完全に捨てきっていなかった。もし犯人が便乗していたら、牛トラを襲撃した犯人らが見ている可能性がある。だが彼らが殺したのは、牛トラの運転手だけである。紫波町の家畜商も、牛を売りに来た二人の犯人の姿しか見ていない。すると、野辺地の若妻殺しの犯人はどこに行ってしまったのか?

もしかすると、牛トラ運転手殺しの二人の犯人が、犯人の消息を知っているかもしれない。

野辺地の捜査員はそれを確かめるために盛岡へ出向いて来たのである。だが彼らのかすかな期待は潰《つい》えた。牛トラ運転手殺しの犯人は、牛トラには沼沢運転手一人しか乗っていなかったと答えたのだ。

「青森からつかず離れず従いて来たが、青森岩手の県境にかかる前にドライブ・インに寄ったとき、一人なのを確かめた」

「それは三戸の『南部藩』というドライブ・インではなかったか？」

捜査員は絶望を確認するような気持ちで聞いた。

「たぶん、そうだったとおもう」

「おまえたちは南部藩に寄らなかったのか」

「顔を知られたくなかったので、少し離れた道の端に車を停めて待っていた」

「南部藩へ寄る前にその牛トラに乗ったり降りたりした人間は、いなかったか」

「青森からピッタリ尻について来たわけではない。そんなことをしたら、怪しまれてしまう。時々追い抜いたり、休憩を装ってやりすごしたりして来たので、途中便乗した者があったかどうかわからない」

野辺地の捜査員はこれだけ聞いて引き返さざるを得なかった。

なんの土産もたずに引き返さなければならなくなった野辺地の捜査員を慰めるように、盛岡側では、牛トラ運転手殺害事件のさまざまなデータを見せた。

だが、これは容疑者をとらえたものの、攻略の糸口をつかめずにいる野辺地側に、逆の効果となったようである。犯人の自供も取り、起訴するばかりとなった事件の証拠資料は、言わば勝利の証《あかし》である。それはいまだに被疑者を攻めあぐんでいる野辺地側にとっては、敗北感を強める効果しかなかった。

それでも野辺地側は職業的な興味から、それらの証拠資料を熱心に観《み》た。特に犯行現場を割出す決め手となったタコグラフに興味を惹《ひ》かれた。いかにも車社会の犯罪をしめすような資料であった。

「この二十二時五十二分三十一秒から同五十三分五十四秒の三戸第一停止の下にクエスチョンマークがしてあるのは、どういう意味ですか」

野辺地側がタコグラフの停止時間を表にしたものに目をとめた。

「ああ、それですか。その五分後に、一時間ほど大休止すているでしょう。それが南部藩での休憩です。最初はいわゆる小便《しょんべん》停止じゃねがといわれだのですが、すぐ後《あと》にドライブ・インで大休止をすたのに、その前に停まったのはおがしいといいだすた者がいあすてね」

盛岡側で答えたのは、村長係長だった。

「信号停止ではありませんか」

「事件の後、同じ車を同じ時間帯に同じ条件にして走らせだのですよ。すかすその地点にゃ信号はありません。何のために停まったのがわからねので、いぢおうクエスチョンマークば付けだのです」

「二十一時二十分ごろから、野辺地でも一分五十一秒停まっていますね」

野辺地側の目がしだいに光ってきた。彼はタコグラフの示すその時間が、犯行時間帯の中央にすっぽりと入ることにようやく気がついたのである。

「停まっていあすね、しかしそぢらのほうはその前後にドライブ・インさ寄っていねので、小便停止がもすれません」

「一分五十一秒とは少し長すぎませんか」

「いやいや年を取って前立腺が肥大気味になるど長ぐなるもんですよ」

「三戸第一停止の一分二十三秒は、人が車から下りる時間だとすれば、十分ですね」

「そうですな、下りるだけならば、そんたに時間は……あなた方は、若妻殺しの犯人がそのとぎ……」

村長係長の表情に走ったものがある。彼も三戸第一停止がもっているかもしれない重大な意味にようやく気がついた。

まさか二つのまったく関連のない殺人事件が一台の牛トラ上で交叉していようとは考えてもいない。いや交叉ではなく、リレーであろうか。それもバトンタッチのない切断されたリレーである。野辺地側の若妻殺しの犯人が被害牛トラに便乗したのではないかという発想は、聞き込みから得たものである。牛トラの事件とはそれまでまったく無関係と考えていたから、その時点で盛岡側の重要資料となっているタコグラフを照合しようという知恵は出なかった。

また盛岡側も、自分の担当事件が行きづまっているときに、他県管轄の別件のために、こちらの資料を積極的に提供しようという親切心はない。だいいち、それが野辺地側にとってどれほど重要な意味をもつかということすら知らないのである。「共助」と「合同」捜査のちがいがそんなところにもあった。

「もし犯人が三戸第一停止付近に下りたのであれば……」――付近一帯にその足跡が残っているかもしれない。牛トラを襲った犯人は、牛トラに「つかず離れず走っていたが、ずっと尻にピッタリくっついていたわけではない」といっている。その間、便乗者の乗降を見逃す死角があったかもしれない。

野辺地の捜査員の表情が緊張してきた。

「青柳君を呼んでくれ」

村長は、いまになって部下が執拗に疑惑を訴えていたことが、他県管轄の別件にこのような形で関わってきたことに少なからず驚いていた。

2

岩手側の応援部隊とともに、三戸第一停止地点の一帯に丹念な聞き込みが行なわれた。

「しかし、犯人はどうしてこんな所で下りたのかな？」

検索の途中、ふとつぶやいた者があった。野辺地から来た落合《おちあい》という刑事であった。

「何かいいましたか？」

それを聞き咎めたのが、応援として来た青柳であった。彼は三戸第一停止にいち早く目をつけた人間である。そしてこのあたりから犯人の手がかりが見つかれば、野辺地側にとってトップクラスの殊勲者になる。盛岡側としても鼻が高い。

「いや、便乗した牛トラはどうせすぐ後に南部藩へ寄ったのです。ここで下りるくらいなら、犯人もそこまで乗って行っても大してちがいはなかったとおもいます。まして犯人の心理としては犯行現場からできるだけ離れたかったはずです。ここはまだ青森県下だ。もう少し行けば岩手県に入れたのに、なぜその直前で下りたのでしょう？」

「ドライブ・インの人間に顔を見られたくなかったからじゃありませんか」

「なるほど、しかし便乗したからには、どうせどこかのドライブ・インに寄るでしょう。ずっと乗り通しということはできない。それにドライブ・インに寄ったからといって、直ちに疑われるとはかぎらない。南部藩の直前で下りたというのは、どうも解せないのです」

「この辺に犯人の知人がいたのではないでしょうか」

「それだ！」

落合が突然大きな声をだした。

「どうしたんです？」

青柳がびっくりしてたずね返した。

「こうは考えられませんか。牛トラに便乗した犯人に沼沢運転手が南部藩で休憩を取ると告げる。ところがそこには犯人を知っている人間がいる。短い休憩なら、自分だけ車に乗っているという手もあるが、運転手は食事をとるという。そんな長い休憩の間、車から下りなかったら疑われる。あるいは犯人は沼沢さんからいっしょに食事をとろうと強く誘われたのかもしれない。そのために止むを得ず、南部藩の手前でなにか口実をつけて下ろしてもらったとは考えられませんか」

「南部藩に知り合いがね」

青柳の目もしだいに光ってきた。南部藩には彼もすでに一度聞き込みに行っている。しかし、あくまでも担当事件の立場で、野辺地の立場からではなかった。

――野辺地の立場――

彼はそのときなにかが頭を閃光のように駆けぬけたように感じた。だがおもい出せない夢のように薄膜一枚のところで結びかけた像が崩れてしまう。

立場がちがっていたために、そんな重大な手がかりが残されていたかもしれない南部藩を、野辺地側の事件については、素通りしてしまっている。しかも南部藩へ立ち寄った人間ばかりを調べて、そこを避けた者についてはまったく調べなかった。それも立場のちがいのせいである。

ここにいま頭を走り抜けた一瞬のイメージを結像させるヒントがあるようだった。

「早速、南部藩を当たってみましょう」

落合の言葉が、青柳のおぼろな結像を完全に崩してしまった。

3

三戸第一停止地点を中心とした聞き込みと検索は、はかばかしい成果をあげなかった。事件当夜、不審の人間を見かけた者はいなかった。付近にもぐりこめるような飯場はない。行商人も来ていない。旅行、見学等で立ち寄った者もいない。ただ国道4号線沿いのために、地元の人間は自動車旅行者や長距離便の運転手に馴れている。つまりヨソ者に比較的不感症になっているので、聞き込みの結果を全面的に信用するのは危険であった。

もより駅の東北本線三戸駅や諏訪ノ平駅も当然、聞き込みの対象になった。三戸の始発は上りが五時二十七分、下りが六時三十四分のいずれも鈍行である。急行は下りが七時二十二分の十和田2号、上りが九時八分のしもきたである。

鈍行の乗客は駅員とほとんど顔なじみの地元の通勤者や通学生ばかりであったが、急行のほうには見知らぬ顔がかなりまじっていたそうである。諏訪ノ平駅では、ほとんどが地元の乗客だった。しかしいずれの駅においても、駅員がすべての乗客と顔見知りということはない。駅員自身が土地の人間ではなかった。交通機関の飛躍的な発達によって、土地の閉鎖性が急速に取除かれつつある現在、純粋な意味での「田舎」は、ほとんどなくなっている。これにマスコミの洪水が画一的な都会風俗をもち込む。

全国の四方八方から人が寄り集まってつくられた都会が、今度は逆に車とテレビによって全国的に拡散しつつある。いまの日本の田舎は、都会との奇妙な混血と言ってもよいだろう。犯人が第一停止地点で下車した後、森か畑に野宿をして、もよりの駅から逃れ去ったならば、よほど奇妙な風態か、目立つ特徴でもないかぎり駅員の印象に残ることはなかっただろう。

丹念な検索にもなにも引っかかってこなかった。第一停止地点で、若妻殺しの犯人が牛トラから下車したという具体的な証拠はなにも見つけられなかったのである。

だが南部藩に対して行なわれた田所の写真面割りに、一つの反応があった。田所の写真をしめされた経営者の細君が、田所をすぐに認めて、自分と同郷の者だと証言したのである。

「まちがいありません、田舎で家が近くでした」

「田所は、あなたがこの地でドライブ・インを経営していることを知っていましたか」

捜査員は気負い込んだ。

「知っていました。三年前の夏だとおもいますが、十和田湖へ行った帰りだといって偶然、立ち寄ったことがあります」

「そのとき一人でしたか」

「いいえ、連れの人が三人ほどいました。女の人も一人いましたわ」

「女性の顔をおぼえていますか」

もしかするとその女が、殺された奥山千秋だったかもしれない。

「いいえ、あまり女の人の顔を見ないようにしていましたから。それにコーヒーを飲んだだけで、あまり長くいなかったのです」

「田所とその女性は特に親しそうには見えませんでしたか」

「そうですね、あまり注意しなかったので、よくわかりませんけれど、そういわれてみると、親しげに振舞っていたみたいだったわ」

「十和田湖へ何しに来たといってましたか」

「なんでも写真を撮りに来たとかいってました。そういえばその女の人、モデルのような感じがしないでもなかったわ」

奥山千秋は見ようによってはモデルで通る均整の取れたプロポーションとはっきりした顔の輪郭をしている。もしかすると、彼女の前身はモデルかもしれない。捜査員は、彼女の写真面割りの必要も感じた。よくおぼえていないといいながらも、接客業者は、意外に細かい客の観察をしているものである。

「すると、田所の前身はカメラマンだったのですか」

「さあ、そんなに詳しく聞いたわけではありませんので。田所さんが話してくれた以上のことは聞かなかったのです」

捜査員は、久しぶりに幼なじみに会ったのだから、女の好奇心でもっと根掘り葉掘り聞いておいてもらいたいところだったが、客のプライバシーに立ち入らないのが店の方針らしいので、止むを得ないとおもった。

ともあれ、田所は南部藩にカンがあった。彼が犯人であれば、犯行当夜、現場の近くで昔の知人に会うのは、極力避けたかったところであろう。

田所が南部藩の女主人に面識があったという事実は、三戸第一停止と相関して、彼が犯人であることを物語る有力な情況証拠になった。

4

田所の傷は急速に回復しつつあった。もともと大した傷ではない。操作本部としては、彼が退院する前になんとしてもうむを言わせぬ証拠を押えたかった。

これまで蒐められた田所のクロを推定させる資料としては——

○被害者の結婚前、同棲していた状況がある
○被害者の移転先を追っていた
○被害者から縁切状を突きつけられていた
○捜査員の姿を見て逃げ出した
等があるが、いずれも情況証拠であり、決め手になり得ない。

通常、逮捕状は、検察官または指定司法警察員（警部以上）が裁判官に対してその発付を請求するものであるが、裁判官の人柄、人生観、思想などによって発付に際してきわめて厳格な人と、比較的寛《ゆる》やかな人がいる。また同じ人でも、そのときの気分によって異なる。

したがってどうしても逮捕状を取りたい場合は、警察側も裁判官の人物や気分を考えて行くのである。朝よりも夕方のほうがよい人もいれば、その逆もある。また昼間うるさい裁判官がいれば、その勤務の終るのを待って、夜の当直裁判官に交代してから請求することもある。もっともこれは時間に余裕のある場合である。地裁が厳しく簡裁が寛大なのも一般的な傾向である。

だが概して最近は人権尊重の意識が裁判官に徹底して逮捕状の発付が厳しくなっている。もし資料薄弱のうちに逮捕して、釈放の止むなきに至れば、よほど強力な新資料が現われないと再逮捕が難しくなる。

出張先の新宿区戸塚署の一室を借りて会議が開かれた。田所逮捕すべしという意見と、逮捕は尚早とする意見が真っ向から対立した。

積極派は、

「すべての状況が田所のクロを指向している。住所も定まっていないし、退院すれば逃亡のおそれもある。いまのうちに身柄を拘束してみっちり絞り上げれば、必ず自供するだろう」

と主張した。

これに対して慎重派は、

「いまの段階では、逮捕状の請求要件たる『被疑者が罪を犯したことを疑うに足りる相当の理由がある』とは認められない」

と反駁した。積極派はさらに、

「田所にはアリバイがない。トレンチコートも、同種のものを彼がもっていたと南里荘の人間が証言している。それを田所は盗まれたと言い逃れているが、いつだれに盗まれたのかわからない。その他の情況証拠と合わせて罪を犯したと疑うに足りる相当な理由があると認められるだろう」

「盗まれたものが、いつだれに盗まれたのかわからないのは当然だ。それにかりにトレンチコートが田所のものと証明されても、彼が犯行時にたしかにそれを着用していたことが証明されなければ、なんにもならないだろう」

「それはあまりに考えすぎだ。田所にアリバイがなく、彼が所有していたトレンチコートと酷似したコートが、現場の近くから被害者の血を多量に付着させて発見されたのだ。しかも田所は現在、定まった住居をもっていない。これだけの要件が揃っていれば逮捕状の請求に十分だ。もし本件が逮捕状請求に不十分なら、彼は鶴巻温泉で帳場の金をごまかしている。これで十分引っくくれるぞ」

「別件逮捕は慎重を期すべきだ。それでなくとも、別件《ケツ》を取るのは、不当な見込捜査だと最近風当たりが強くなっているんだ」

「それは正論というもんだよ、正論じゃなにもできない」

敵は本能寺式の別件逮捕は令状主義を建前とする憲法と刑訴法の精神に反するものであると、かねてより学界から指摘されてきたことである。また東京地裁で「別件逮捕は不当な見込捜査で、憲法に反する」という判決も下された。

だが、別件逮捕すれば、本件と合わせて四十六日間被疑者の身柄を拘束して、じっくりと調べられる。本件で逮捕しても、規定の二十三日間の勾留期間中に自供を得られるとはかぎらない。自供さえあれば、事件の解決は容易である。いかに別件逮捕が法の精神に反しようと、また人権侵害のおそれがあっても、警察としては、有利な戦術であった。

大勢が逮捕に傾いたとき、捜査は意外な展開をしめした。

5

東京で田所の逮捕をめぐって意見が分かれているころ、三戸第一停止地点一帯では、野辺地の留守部隊が執拗《しつよう》に歩きまわっていた。

彼らを支えているものは、田所のアシがこの付近にあるかもしれないというかすかな希望であった。南部藩の経営者の細君は田所と同郷だった。そして田所は、自分の同郷者がこの地で南部藩を経営していることを知っていた。

それは田所が南部藩の手前で下車したことを物語る有力な情況証拠になっている。そこに捜査員は必死にしがみついていた。この近くにアシがあれば、それは田所の野辺地におけるアシの延長にもなるのである。犯行を物語る有力な資料も残しているかもしれない。

野辺地の留守部隊と盛岡の応援部隊の努力にもかかわらず、一帯の捜査に徒労の色が濃くなった。

「やはり第一停止は、なんの意味もなかったのだろうか?」という迷いが捜査員の胸に揺れ動いた。

もともと、田所の下車と三戸第一停止を結びつけたのは、単なる想像にすぎない。一分なにがしかの停車ぐらいはどんなことからでも生じる。たまたまその少し先に田所のカンのある南部藩があったので、第一停止の意味と結び合わされた。

徒労感に圧されて、捜査員の心裡《しんり》に迷いがその容積を広げているとき、近くの子供たちが、わぁいと喚声をあげながら走って来た。見ると、一人の子供を数人の子供がはやしたてながら逃げて来る。一人の子供は怒って、なにか長くキラキラ光るものを振り立てながらはやしたてる子供たちを追って来た。片親の子供を、他の子供たちがからかっているらしい。車がビュンビュン走る国道のかたわらなので、危険であった。

「おい、坊《ボン》ズ、危ないぞ」

刑事の一人が見かねて注意した。

「だってあいづ人殺すなんだ」

逃げて来た子供の一人が唇をとがらした。人殺しとは穏やかではない。

「わぁい、殺されるぞ」

子供は真剣に逃げていた。刑事たちは、追いかけて来た子供が手に振りかざしているものの正体をようやく悟った。なんとその子は本物の細身の包丁を握っていたのである。刃渡り十四センチぐらいの柳刃包丁を振りかざして真っ赤な顔をして追って来る。七、八歳の少年である。そんなものをもって倒れたら、その子供のほうが危ない。

刑事は、いったんやりすごしてから、子供を背後から羽がいじめにした。

「さあ坊《ボン》ズ、そんな危ねものは離すんだ」

刑事がいっても、子供は手足をばたつかせて、必死に暴れまわる。子供とはおもえないような力だった。

「おい、手伝ってけろ」

もてあました刑事は、仲間に応援を求めた。なにしろ鋭利な刃物をもっているので、自分だけでなく、子供の体も庇わなければならなかった。

ようやく子供の手から包丁を捥《も》ぎ取った刑事は、

「坊《ボン》ズいったいどうしたんだ？　こんなものを振りまわすて」

とたずねると、子供はいきなりわっと泣きだした。

それをあやしながらわけを聞くと、子供は母親を病気で失い、父親は出稼ぎに出たまま帰って来ない、祖母といっしょに寂しく暮らしているが、村の子供たちにそのことをからかわれてカッとなって追いかけて来たと、たどたどしい口調で訴えた。

「そうが、そりゃあからがった子が悪《わり》いな、だども、こんな包丁なんか振りまわすのは、よぐねな」

捜査員は優しくたしなめて、

「早ぐ元あった所さ返《け》すておぎなさい」

というと、子供は、

「拾ったんだ」

「拾った？」

「向こうのドブッコの中で拾ったんだ」

「そりゃいづごろ拾ったんだね？」

「よぐおぼえでね」

「坊《ボン》ズ、それは九月十八日ごろじゃねがったが」

「うんだな、たぶんそのころだどおもう」

「これを拾った所へおじちゃんを連れでってくれねが」

捜査員の顔はにわかに緊張した。

「うん、いいよ」

子供は、すっかり機嫌をなおして、先へ立って歩きだした。子供が案内してくれた場所は、第一停止地点からやや北寄りの仙台に向かって道路左脇の側溝である。雑草が生い繁《しげ》っていて、溝の底は、草をかき分けないと、よく見届けられない。

「ここさ包丁が落ぢでいたのが？」

「うんだ」子供がうなずいた。

「坊《ボン》ズ、この包丁はとでも大切なもんなんだ。代りになにがオモチャを買ってけるがら、おじちゃんにけねが」

「いいよ」

子供は素直にうなずいた。親の愛情に飢えているせいか、人なつこい子供だった。

子供が4号線脇の側溝から見つけたという柳刃包丁は錆《さ》びてはいたが、刃や柄の状態から判断してまだそれほど古いものではない。むしろ新しい部類に属する。刀身に○に山の字が入った商標と、「本割込み」という文字が打刻してある。木製の柄の根本に値札らしいラベルとその上に数字と文字の印影が見えるが、かすれてよく読み取れない。

包丁が落ちていた地点は、青森県三戸郡名川町虎渡字白石《ながわまちとらとあざ》二十二の一番地先である。第一停止点の近くに落ちていた柳刃包丁。被害者の創傷は、先端がとがった片刃の有刃器《ゆうじんき》で形成されたものである。しかも有力容疑者の田所は、このあたりで便乗車から下りた形跡が濃厚であった。これで柳刃包丁から被害者の血液型と田所の指紋でも出れば決定的である。

柳刃包丁は大切に保存されて、鑑識の検査にかけるべく、直ちに県警本部の鑑識課へ送られた。捜査本部の長い苦労と努力が、いまようやく実ろうとしていた。

捜査員たちには、この決定的な証拠をもたらしてくれた子供が、天使のようにおもえた。子供には、捜査費用から奮発して実物そっくりのSLの模型が贈られた。

だが捜査本部の期待は五十パーセントしか報いられなかった。五十パーセントというのは、包丁から被害者の血液型に符合する血痕のみが検出されたことである。日数もだいぶ経過し、保存状態があまりよくなかったので、検出が危ぶまれたが、鑑識は血液型の割出しに成功した。

これで、この柳刃包丁が奥山千秋殺害に使用された凶器であることが証明された。

しかし、犯人を特定させる指紋は顕出されなかった。犯人はおそらく手袋を着用して凶行におよんだものであろう。指紋は見つけられなかったが、田所の容疑はグンと濃縮された。身柄を移せるほどに傷も回復していた。ここに青森地方裁判所より田所に対する殺人容疑の逮捕状が発付され、その身柄を野辺地へ引致して取調べることになった。

だが、ここまで追いつめられながら、田所は頑強に犯行を否認した。警察の勾留もち時間が切れて、田所は事件否認のまま検察送りとなった。

検察官の取調べをうけても、田所は依然として否認をつづけた。田所の容疑は、ほとんど動かないところである。だが、凶器に被害者の血痕のみが証明されて、田所の指紋が見つけられなかったとなると、田所を犯人とする決め手に欠く。

田所の足跡は野辺地では見つけられていない。発見されたコートも、田所のものとは証明されていない。三戸第一停止と田所は、捜査本部が勝手に結びつけたものにすぎない。南部藩における田所のカンは、事件に直接の関係をもたない。

包丁の柄も精密な検査にかけられて、柄に貼り残してあった値札から「台東《たいとう》、小杉」

という文字が顕出された。東京台東区の金物店をしらみつぶしに当たった結果、台東区東上野一丁目の「小杉金物店」が割出された。その店が直ちに当たられた。

引きつづいて、針生、対島組がその店の聞き込みに当たった。

だが、その包丁はよく出まわっている家庭用で売れ足がよく、とても一人一人の買手をおぼえていないという店の答えであった。

「どんな些細なことでもいいんですが、なんか気がついたことはありませんか」

対島はあきらめきれずに追いすがった。

「そういわれましてもねえ」

店の主人もしつこい刑事に辟易《へきえき》しているようであった。すでに店の従業員にはすべて当たって、なにも得るところがなかったのである。

よく売れる店で、こうしている間も、客の出入りが絶え間ない。刑事に店先をいつまでもうろうろされるのは、あきらかに迷惑げであった。

問題になっている包丁も一丁売れた。中年の貧相な男で、たった一丁選ぶのに、あれこれ物色した末に、ようやく気に入ったらしい一丁を買っていった。細君に頼まれたのであろうが、侘《わび》しい買物風景である。

――帰ろう――

針生が目顔で合図した。金物店から田所を手繰《たぐ》る道も絶たれた。

検察は、否認事件の起訴にきわめて慎重である。この調子だと、ようやく捕えた田所が不起訴になるおそれすらあった。最初の十日が過ぎて、田所は勾留延長された。もち日数はあと十日、再度の延長はできない。この十日以内に公訴の提起がないときは、検察官は被疑者を釈放しなければならない。

被疑者も警察も両様に追いつめられた。

姉妹凶器

1

浅間温泉、鶴巻温泉、上尾市、東京と田所の足跡《アシ》を追い、野辺地まで引致して来た対島刑事は、みなからその労をねぎらわれながらも、心の底にうつうつとしたものが澱んでいた。長い追跡と張り込みが報いられ、ようやく身柄を拘束しての取調べにまで相手を追い込みながら、決め手がないまま、勾留期間を空費している。追いつめられたのは、田所ではなく、むしろ警察の観すらあった。

事件が大詰めを迎えていることは、ひしひしとわかる。だが、この調子だと大詰めは警察の敗北になるかもしれない。

「いまさら焦っても、どうにもなるもんじゃあない。長い出張で奥さんがさぞ寂しがっているだろう。一日休んで奥さん孝行をして来ないか」

とキャップがいってくれた。

「とてもそんな気になれませんよ」

「まあそういわずに、休みなさい。警察官だって人の子だ。人並みに休みを取らないとまいってしまう。新婚からあまり酷使して、奥さんに怨まれたくないしな」

「もう十分怨まれてます」

「それじゃあ、ますます休んでもらわないと困るよ」

そういうキャップ自身、捜査本部が開設されて以来、一日も休んでいないはずだった。

「対島君、せっかくキャップがああいってくれたんだ」

いっしょに出張した針生が、言葉を添えてくれた。対島はキャップの好意をうけることにした。それにいまは本部に詰めていても、田所の自供が得られないのでさしあたっての仕事がない。田所の取調べは落としのベテランの仕事であった。

被疑者が落ちないままのなんとなく中途半端な休日であったが、やはり久しぶりの妻との水入らずの休日は楽しかった。長い航海に疲れた男という船体を、家庭という港に横たえ、妻という船渠《ドック》に係留して、ゆっくりと休めているようであった。

久しぶりに新妻のかぐわしくもみずみずしい躰をたっぷり貪り、朝寝を十分に愉《たの》しむ。全身の緊張が解けて、一夜のひげまでが緩んだ皮膚の間に埋まるようであった。

それでも昼近くまで寝ていれば、若い体力は完全に回復している。だいいち腹がへってそれ以上寝床にしがみついていられなくなった。

朝昼兼用の食事を妻とさしむかいですますと、テレビの前に寝転ぶ。だがそれもすぐに飽きてしまった。平日の午後なので、ろくな番組もない。

たまゆらに与えられた怠惰な一日も、それに馴れていない身は、すぐにもてあます。新妻の魅力もその躰を飽食した後では、退屈を救えない。それは立派な仕事中毒症《ワーカホリック》であるが、彼はそのことに気がついていない。

「その辺を散歩してみようか」

対島は妻を誘った。考えてみれば、妻といっしょに歩いたのは、新婚旅行以来なかった。いまからこんな調子では先がおもいやられる。

「嬉しいわ」

妻は、いそいそと従いて来た。普通の夫婦ならなんでもない散歩に、全身で喜びを表わしている妻に、対島はふと不憫《ふびん》をおぼえた。しかし彼女はそれでも十分に幸せそうであった。

――いいじゃないの幸せならば……か――

彼は歌の文句をそっとつぶやいて、ある食品のコマーシャルに「差別」だと噛みついた乾上《ひあ》がった老女性政治家の顔を連想した。

散歩だから、それほど遠方へ行くつもりはない。ただ夫婦が肩を並べてぶらぶら歩くのが楽しいのである。二人はいつの間にか住宅街から商店街へ出た。

甘い香りが鼻腔をくすぐり、赤や黄やオレンジの色彩が目に映えた。果物屋の前だった。ちょうどリンゴの出まわる時期で、青森名物のリンゴが店のスペースの大部分を占めている。

「ちょうど果物が切れていたところだわ、少しリンゴを買っていこうかしら」

リンゴの香りに惹かれたように、妻は店先に足をとめた。

「へい、お嬢さん、いらっしゃい」

果物屋が威勢のいい声をかけた。

「あら、お嬢さんだなんて」

妻が優しく抗議すると、

「あ、いけねえ、奥さんでしたか、何を差し上げましょう」

と果物屋は、対島の方を見て調子のいい声をだした。

「あなた、どんなリンゴがお好き？」

妻は、娘とまちがわれたのが嬉しいらしく、頬をうすく染めて、対島の方を見た。そんなしぐさはまだ十分娘として通用する。

「さあ、リンゴなら何だって同じだろ」

対島があまり熱意のない返事をすると、

「あら、リンゴと一口にいってもいろいろ種類があるのよ、紅玉、デリシャス、ゴールデンデリシャス、国光、マッキントッシュレッド」

「へえ、リンゴともいえないねえ、まあ、きみにまかせるよ、美味そうなのを選んでくれ」

ところがそれからが大変だった。妻は慎重にリンゴを一つ一つ手に取り、掌に弾ませるようにして手応えを調べ、次に皮の色艶を丹念に見比べる。わずか数個のリンゴを買うのに一個一個〝精密検査〟するのだから、ひどく時間がかかる。対島はとうとうしびれを切らした。

「おい、たかがリンゴじゃないか、いいかげんに選んで行こうよ」

「だめよ、同じお金を払うんですもの、できるだけいいものを選ばなくっちゃ。リンゴは当たりはずれが多いのよ、外見は立派でも、中身が腐っていたり、ふかふかだったりすることがあるの」

妻の言葉に対島は今度はある元首相の顔を連想して苦笑した。彼女は夫を待たせたまま、なおも一つ一つリンゴを手に取って選《え》り分けている。

ようやく彼女は五つほどをリンゴの山から選り分けた。

「そんなにいじくり回されたんじゃ、後から買う人がたまらないな」

対島はやれやれといった表情だった。

「大丈夫よ、毎朝、艶拭《つやぶ》きをかけられるんだから」

妻はこともなげにいった。その一瞬であった。対島の頭の中でなにかが爆発したように感じた。少しずつたくわえられていた思考のエネルギーが、いまの妻の言葉と行動によって、いっせいに反応したのだ。

対島は道路に棒立ちになって、爆発の閃光が照らし出したものを茫然と見つめていた。妻がリンゴを買った姿と、上野の金物店の店先の光景が重なり合って明滅している。妻が驚いてなにかしきりに問いかけていたが、その声も、意味をもった言葉として届かない。

2

対島の着想は容れられた。直ちに凶器の柳刃包丁の販売先である台東区東上野一丁目の小杉金物店から、陳列されてあった同種の包丁四十二丁がすべて領置された。

対島は、妻がリンゴを選別しているのを眺めながら、犯人が凶器を買ったとき、何丁かの同種の包丁の中から、一丁選び出したかもしれないとおもいついたのである。ちょうどあの中年男が使いよさそうな品を物色したように。

もし犯人が凶器の選別をしたのであれば、まさかそのとき手袋ははめていないだろうから、同じ場所に陳列されてあった同種の包丁に指紋が残されているはずである。そして、その包丁が売れ残っていれば……。

凶器の柳刃包丁には被害者の血痕が証明され、犯人が凶器を買った店に陳列されていた同種の包丁から犯人の指紋が顕出されれば、決め手になり得る。

だが、犯行からすでに二カ月以上も経過し、その間、包丁はかなりの数が捌けている。犯人が手を触れた包丁は売れてしまったかもしれない。

捜査本部はわずかな可能性に祈るような気持ちで、領置した四十二丁の包丁を検査した。そしてその結果、ついにその中の一丁から田所の右拇指および中指の指紋を発見したのである。

捜査本部はついに勝利を手にした。指紋が捺《お》された〝姉妹凶器〟を突きつけられて、さしも頑強に抵抗していた田所もついに落ちた。取調官と田所との一問一答は次のとおりである。

「千秋はおれの女だった。内縁だったが、妻同様だった。いずれ籍を入れて正式の女房にしようとおもっていたところ、奥山と結婚して行方を晦ましてしまった。おれは必死に彼女の行方を探した。そして頒布会で洋菓子器を取っていたのをおもいだして、そこから住所を探り出し、会いに行った。暗い野原を横切って行くと、千秋の住んでいるアパートの灯がいかにもあたたかそうにまたたいていた」

——最初から殺すつもりだったのだろう——

「ちがう、殺すつもりなんかなかった。ただ会って連れ戻すためだった」

——それならなぜ凶器やコートを用意したのか？——

「包丁はただ脅すためにもっていった。トレンチコートは、東北はそろそろ寒くなるだろうとおもったから着ていっただけだ」

——それがなぜ殺してしまったのか——

「千秋は、幸せそうに暮らしていた。それがおれの顔を見ると虫酸が走るといいやがった。吐きけがするともいいやがった」

——それで殺してしまったのか——

「それだけじゃない、千秋のアマ、おれに美味いケーキをつくってやるといって買った洋菓子器で、旦那のために美味そうなケーキをつくって待っていた。本来ならそのケーキはおれが食うはずだった。そのケーキを見たときに、包丁を握った手がひとりでに突き出されていた」

取調官は、犯行現場に無残に踏みにじられていたケーキの残骸をおもいだした。

——それからどうしたか——

「殺してから我に返った。ついカッとなって、大変なことをしてしまった。とにかく逃げ出さなければとおもった。アパートの住人には気がつかれなかったらしい。おれは千秋の部屋から脱け出すと、来た道を暗い方へ走った。途中だれかとすれちがったようだが、よくおぼえていない。コートが血だらけになっていたのに気がついて、畦《あぜ》の土管の中へ捨てた。コートのおかげで、服のほうには血は付いていなかった。明るい灯のついている駅の方へ行くのが恐かったので、ヒッチハイクするつもりで4号線へ出た。とにかく少しも早くその場から逃れたかった。いつ来るかわからない列車を待つよりも、ヒッチハイクしたほうが早いと考えた」

——コートだけ捨てて、なぜ凶器はもっていたのか——

「運転手が乗せてくれなかったら、それで脅すつもりだった」

——それで沼沢運転手の牛トラが乗せてくれたのか——

「あの運転手は善《い》い人だった。国道へ出ると、ちょうど通りかかったのがあの牛トラだった。ヘッドライトがおれを惹きつけたのだ。手を挙げると、すぐに停めてくれた。群馬まで行くから、途中までならどこでも連れてってやるといってくれた。おれもそのつもりでできれば仙台あたりまで便乗させてもらおうとおもった。牛トラへ乗っていれば、途中検問に引っかかっても怪しまれない。早急に青森県外へ逃げ出してしまえば、とりあえずの危険は躱《かわ》せる。ところが運転手は、県境へ近づくと、『南部藩』というドライブ・インに寄って食事をしようといいだした。おれは南部藩にはおぼえがあった。同じ郷里の幼なじみがやっている店だ。そんな所へ寄れば、おれがこちらへ立ち回ったことがわかってしまう。しかし運転手は、そこへ停まる意志を変えそうにない。できれば一刻も早く県外へ出たかったのだが、南部藩の少し手前で車に酔ったと言って下ろしてもらった」

——凶器をどうしてそこへ捨てたのだ——

「運転手を脅かして、県外までノンストップで飛ばさせようかといったん取り出しかけたのだが、彼がとても親切だったので、また引っ込めて車を下りた道の脇の溝の中へ捨てた」

——それからどうした——

「歩いて岩手県へ入った。暗い路ばかりを選ぶようにして歩いて、一戸で朝になるのを待ち、列車で東京へ帰った。それから後は、ずっと南里荘にいた。あそこならみんな叩けば埃の出る連中ばかりだから安心していられた」

——沼沢運転手が殺されたことは知っていたか——

「テレビで見てびっくりした。おれが車から下りた後殺されたのだ。もしあのままおれが乗っていたら、殺されずにすんだかもしれない。それにしても、あんな善い人を殺すなんて、ひどいやつだ。犯人は死刑にすべきだ」

——人のことはどうでもいい。それより、奥山千秋さんとは同棲していたそうだが、どうして浅間温泉と鶴巻温泉に〝別居〟していたのか——

「おれが悪い病気をもっていたからさ。〝夫婦〟がいっしょにいると、いたちごっこになっていつまでたってもなおらない。仕方なくなおるまで別居しようということになった」

——何の病気か——

「いいたくないね、まあ旦那もうつされないように注意したほうがいいよ」

——浅間と鶴巻の前は、二人でどこに住み、何をしていたのか——

「それもいいたくない。いまさら死んだ人間を傷つけたくないからね」

——それをいうと、死者の名誉を傷つけるようなことなのか——

「そうだといえば、結局傷つけてしまうじゃないか」

——犯行後から今日までどうやって生活していたんだ。うなぎなんか取ってだいぶ豪勢だったじゃないか——

「東京は、選り好みさえしなければ、仕事がある。日雇いや、喫茶店のパートをやっていた」

——日雇いでうなぎが食えるのか——

「日雇いがうなぎを食っちゃいけないという法律でもあるんですか？」

犯行を自供した後も、依然としてふてぶてしさを失わない田所は、逆に反駁してきた。

ともあれここに野辺地のアパート若妻殺害事件は解決した。田所は殺人罪で青森地方裁判所へ起訴された。

跳躍した凶手

1

　野辺地のほうは解決したものの、盛岡側は依然として混迷していた。宮永と伊波の沼沢殺しは確定したが、紫波町の家畜商殺しについては容疑圏外に去った。家畜商殺しだけ分離されて取残された感が強かったが、関係者は二件連続の意識で見ている。家畜商殺しが解決しないことには、本当の意味の解決とはいえなかった。

　そうしている間にも日は容赦なくすぎていく。宮永と伊波は沼沢運転手の殺害および死体遺棄で起訴された。

　青柳刑事はなにかが頭の奥にわだかまっているような気がしてならなかった。それが何かはわからない。が、とにかく違和感がある。そこに本来的にしっくりと納まっているものではない。外部から飛来し、着床し、胎児のように日増しにその容積を広げている。

野辺地では、勝利の打上式を張り、捜査本部も解散されたという。裏付け捜査も終り、有罪を認定するだけの材料も揃ったので、本部を維持する必要がなくなったのであろう。

盛岡でも、牛トラ事件だけに関していえば本部を解散してもいい状況になっている。だが家畜商殺しとの関連を捨てきれない捜査員は、裏付け捜査に藉口《しやこう》して、本部を持続し、家畜商殺しの捜査に全力を投入していた。

宮永にはたしかにアリバイが成立した。しかし、捜査本部は、彼が別の新たな共犯者を使ったのではないかとにらんだ。

自分の犯行を知っている一人の人間の口を塞ぐために新たなべつの共犯者を使うかという疑問が出されたが、密売ルートにつながっている者が、それを手繰られるのを恐れて自衛のために家畜商殺しを引き受けた可能性もある。

捜査員は、被害者および宮永と伊波に多少とも関わりをもっていた業者仲間、運輸業者、農協、牧場関係者などをしらみつぶしに当たった。いったん消した人物をもう一度当たりさえした。

しかし、怪しいすじはいっさい浮かび上がってこない。

――年内解決は無理か――

おびただしい徒労の果てに、捜査本部は重い疲労の底に沈んだ。東北の冬は長く酷《きび》しい。やがて深い根雪に被われるころになると、捜査はいちだんと辛くなる。捜査本来の苦労に雪と寒気という二つの強敵が加わる。

そんなときに青柳の許に一通の手紙がきた。野辺地の落合刑事からであった。田所がついに自供して事件が解決したことを報じ、捜査の協力に対して礼を述べていた。落合は手紙の末尾を、

——田所は、その自供の中で便乗した牛トラから途中下車しなかったなら、運転手は殺されずにすんだかもしれないと残念がり、自らが殺人の罪を犯した身でありながら、牛トラ襲撃の犯人を死刑にしてくれと訴えておりました。まことに殺人者の身勝手ではありますが、自分を便乗させてくれた牛トラの運転手に同情をおぼえたのでありましょう。それにしても一台の牛トラに二件の殺人事件が関わっていようとは、全く予測もしなかったことであります。貴台のご協力がなければ、我々の事件もまだ未解決であったかもしれません。捜査本部一同、厚く感謝申し上げます。紫波町の家畜商殺害事件がいまだ未解決の由、我々も一日も早く犯人が挙がるように祈念しております——

と結んでいた。本当に田所がずっと牛トラに乗りつづけていたならば、宮永らは犯行

を断念したかもしれない。溯って考えれば沼沢運転手が『南部藩』で食事をしようとおもいたったことが、彼の生死を分けたのである。

田所にしてみれば、自分の犯した罪を、他の殺人を防ぐことによって多少とも償おうとする意識があったのか。青柳は、一人の人間の生死を分けた微妙な運命の天秤《てんびん》に憮然とした。

2

青柳は、その日盛岡市内の茶畑から大通りまでタクシーに乗った。家畜商の密売ルートに関してちょっとしたタレコミがあり、それを確かめに行っての帰途、刑法の専門書で欲しい本があったので、書店へ寄ったのである。専門書となると、目抜き通りの書店でないと売っていない。

タレコミが虚偽情報《ガセネタ》とわかった徒労感から、不案内のバスを探す気がしなくなった。頼めばパトカーが寄ってくれたであろうが、地方署から本部へ出張している身は、とかく遠慮がちになってしまう。

メーターの代金を支払って車から下り、書店の中へ入って行くと、背後からだれか追いかけて来る気配がした。振り向くと、いま下りたばかりのタクシーの運転手が手になにかもって、「お客さん、忘れ物ですよ」と呼びかけながら追って来た。

運転手は、青柳に焦点を凝らしていた。彼と青柳の間には素通しのガラスで仕切られたオートドアがある。だが、青柳だけを見ていた運転手は、その間にオートドアがあることに気がつかない。見ていながら、見えないのだ。

「危ない！」

青柳が叫んだが一拍遅く、運転手はオートドアにぶつかった。鈍い音がした。だが手を前に突き出していたおかげで、それが受身の形となって、全身的な衝突は避けられた。

「きみ、大丈夫か」

青柳は、運転手が手首でも挫いて、運転に支障をきたさないかと案じた。

「大丈夫《でじょぶ》です。そんたに弾みはついでいねがったがら。それよりこの財布はお客《ぎやく》さんのものでがすべ」

運転手は、黒革の財布を差し出した。青柳の見おぼえのないものである。ズシリとした厚味からして青柳のものではないことがわかった。

「旦那が下りた後《あど》、シートと背もたれの間さ落ぢでいだんス」

「せっかくだけど、これはぼくのじゃないね、きっとぼくの前に乗った客のものだろう」

青柳はいった。

「そうすか、てっきり旦那のものだとばがりおもったが、だば、肴町《さかなちょう》がら乗ったお客《ぎやく》のがな」

正直そうな運転手は、財布と青柳の顔を見比べながら、空いている掌で額の汗を拭いた。

「だいぶ入っていそうだな、もよりの派出所へ届けておくといいよ、失《な》くした人は、いまごろ困っているだろう」

「そうしあんす、どうも呼びとめですみませんですた」

正直運転手は今度はドアにぶつからずに店から出て行った。青柳は法律書コーナーへ歩み寄って、欲しい本を物色した。ようやくそれらしい本を見つけて、陳列カウンターへ手をのばしかけたとき、全身に電流のように流れたものがあった。これまではずれていた焦点《ピント》が、対象物にピタリと合った。視野を幻惑していた霧が晴れて、事物の正しい輪郭が見えてきたような気がした。青柳は、いまの正直運転手の行動を、そのままべつの場面に当てはめてみた。運転手は、青柳の前に乗った客の忘れ物を、青柳のものとばかりおもい込んで追って来た。青柳しか見ていなかったから、焦点が狂ってドアにぶつかってしまった。

しかし、青柳が下りた後に財布が落ちていたからといって、不特定多数の乗客を次々に乗せるタクシーでは、それが青柳のものということにはならない。青柳の前の乗客か、あるいは前の前の乗客の忘れたものかもしれないのである。財布がシートと背もたれの間の目につきにくい所に落ちていたのであれば、乗務を始めて最初の乗客のものかもしれない。

それを運転手は、青柳の下車直後に発見したものだから、即、彼のものとおもいこんだ。同じことが、この事件についてもいえないだろうか？　紫波町の家畜商殺しは、牛トラック運転手殺害事件の延長線上に発生したものだから、両件は共通あるいは連続しているという強い先入観をもってしまった。もちろんその先入観に対する警戒も働いて、他のセンも調べられた。だが、結局すべてが打ち消されて、先入観をますます促した。いまでは本部の大勢意見として動かしがたいまでに固定してしまった。

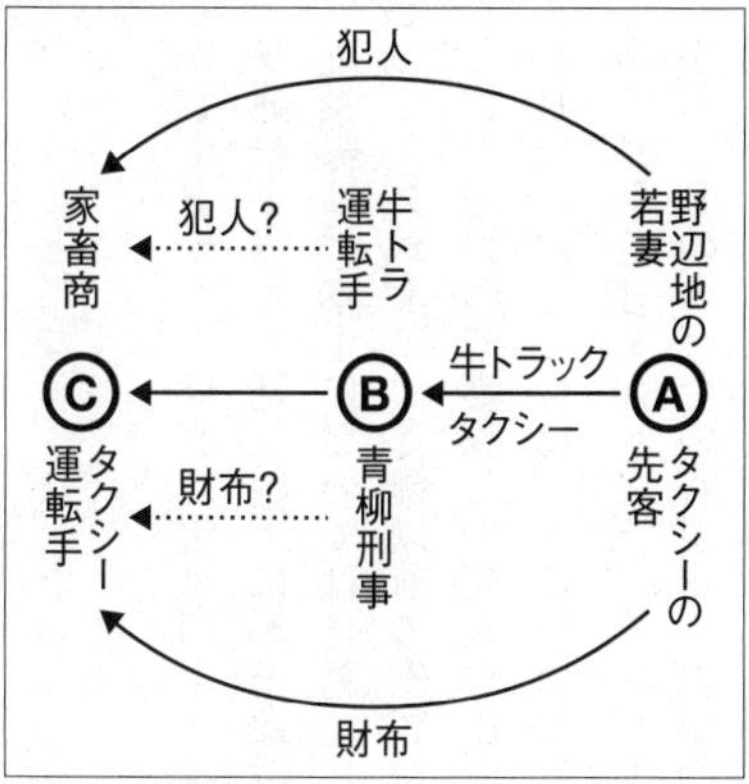

二つの事件を結びつけるものは牛トラックである。これをいまのタクシーになぞらえてみたらどうだろう。

ＡＢＣ三点を結ぶ一本の線、Ｃに何かが

発生すれば、まずその原因を直前のBに探す。

タクシー運転手と家畜商がC、青柳と牛トラ運転手がBの位置に来る。そして財布が犯人ということになる。なぜならこの両者ともBからCへ来たと考えられていたからである。

しかし牛トラックは犯行現場の十三本木峠（Bの位置）を起点としているのではない。牛トラ運転手殺しの延長線上に家畜商殺しが発生したという先入観をもったのであるが、その延長線は、本土においては青森から発している。

そしてタクシーに、青柳以前の先客があったように、牛トラにも〝先客〟がいた。すなわち、野辺地の若妻殺しの犯人、田所尚和である。

AがBを経由してCに、あるいはBを跳躍してCに作用することもできる。これがBばかりに原因を求めていると、真の因果関係を見きわめられない。Bに焦点を凝らしているから、Bのかなたのが見えないのである。

これは、青柳が三戸第一停止に着目しながら、視点（立場）のちがいから、野辺地の必死に探している証拠資料がまったく見えなかったのに似ている。

財布がタクシーの先客のものであったように、田所と家畜商を結びつけられないだろうか？　その場合の動機は、何か？

田所と家畜商安田圭造は、同一の牛トラックによっていちおうのつながりがある。田所は途中下車した際、重大なものを牛トラに置き忘れたのではあるまいか。それを見られれば、野辺地の若妻殺しが一目で田所の犯行とわかってしまう致命的なものである。このことは落合刑事の手紙の中でも暗示されていた。すなわち、田所は途中下車したが、途中下車しなかった田所の持ち物が何かあったのだ。

しかしそれに気がついたときは、牛トラははるか遠方へ走り去っていた。絶望に打ちのめされた田所が、いまかいまかと犯罪の露顕におののいているとき、予想もしなかった牛トラ遭難のニュースに接した。自分が便乗した牛トラが〝山賊〟に襲われて、運転手は殺害され、牛トラは牛といっしょに北上山地に放置されていた。

この事件は、田所をさらに救い難い絶望の淵へ沈めたことであろう。牛トラの中には例の証拠物件が残っている。警察の現場検証によってそれは最も先に見つけられる。すでに一つの殺人を犯し、その証拠が山賊に襲われた牛トラの中に残っている。悪くすると、山賊の犯行までもかぶせられるかもしれない。その危険性は十分にある。

田所はさぞや恐れおののいたことであろう。ところが、いくら経っても自分のことは報道されない。これだけの凶悪犯罪、しかも警察にはそれのダブルプレイヤーに見えるかもしれない犯人がわかれば、直ちに全国指名手配をするはずである。

それが田所を追う気配もなく、同業の運送関係者や家畜業者を洗っているらしい。ここに田所も自分の置き忘れた証拠物件が、牛トラから発見されなかったと考えた。

すると、それはどこへ行ってしまったのか？　まず考えられるのは、山賊が牛トラから持ち去った可能性である。もし山賊の手に入っていれば、彼ら自身が司直から追われているせわしい身であるから、他人の犯罪を告発するようなことはあるまい。恐いのは、証拠物件が山賊から第三者の手に渡ることである。

最初の絶望から立ち直った田所は自衛策を必死に考えた。自分を衛《まも》るためには、証拠物件をなんとしても取返さなければならない。しかし警察も探し出せない山賊を、自力で探せない。山賊の居所あるいは正体を知っている可能性があるのは、紫波町の家畜商だけだ。報道によると、警察はその口を割らせようとして、ずいぶん骨を折った模様である。しかしついに彼の口にかけられた錠をはずせなかった。

だが、警察に対しては固い口も、他の人間には解けるのではないだろうか。そう考えたというより、そこに一縷《いちる》の希望を託した田所は、安田にアプローチした。

ここで、田所は意外なことを知った。山賊の手に落ちたとばかりおもっていた証拠物件が、安田に移っていたのである。安田は獲物のほうから近づいて来た形の田所に対して、恐喝を加えた。致命的な弱みを握られた田所は安田の言いなりにならざるを得ない。

そこでついに意を決して、恐喝に従う振りをして、安田を呼び出し、殺害した。――

「もしもしお客様、ご気分でも悪いのですか」

突然耳のそばで問いかけられ、青柳は我に返った。本屋の店員が心配そうに彼の顔を覗いていた。きっと、陳列台の前に立ちつくして自分の思考の中にのめり込んでしまった青柳に、心配になったのであろう。

「いや、なんでもない」

青柳は、何のためにここへ来たのかも忘れて、書店から飛び出した。

3

青柳の着想に本部は沸き立った。佐竹までがその着想に感心した。これまで家畜商殺しと野辺地の若妻殺しを結びつけて考えた者はない。青柳の着想は容れられて、直ちに野辺地に連絡が取られた。今度は逆に盛岡から青森へ捜査員が出張して行った。

殺人罪で起訴され、すでに公判が開始していた田所尚和に対し、改めて家畜商殺しに関する取調べが行なわれた。十月十一日夜のアリバイを問われた田所は、それを証明できなかった。しかし依然としてふてぶてしさを失わず、「いつどこにいて何をしたか、いちいちおぼえていない。警察では一人殺すも二人殺すも同じだろうと、べつの殺人の罪までもおれにかぶせようというつもりだろうが、そうはいかない。おれがその家畜商とやらを殺した確かな証拠があるなら見せてもらおうじゃないか」と切り返してきた。

宮永と伊波にも、牛トラ内部からなにか拾って、安田にやらなかったかと質ねられたが、彼らは牛トラから拾ったものはなにもないと答えた。

すると、安田が牛トラに単独で近づき、宮永らが気がつかないうちに田所の遺留品を見つけたのかもしれない。

——安田は牛トラの運転台の中へ入ったか？——

取調官はその点を確かめた。

「安田がなぜ牛トラへ乗るんだ」

——聞いているのは、こっちだ。質問に答えろ——

「乗らないよ」

——安田は牛トラに近寄ったか——

「いったん牛をトラックから厩舎《うまや》へ下ろしたので、そのとき近づいた」

——運転台の方へ行かなかったか——

「ステップのあたりには近づいたかもしれないな」

——そのとき、なにか拾ったような気配はなかったか——

「牛に注意を取られていたので、気がつかなかったよ。それがどうかしたのかい」

——おまえらには関係ないことだ——

田所の遺留品は、宮永らを跳躍して安田の手中に入った状況が濃厚になった。

こうなると、青柳の着想は単なる臆測だけに、腰が弱くなる。ふつう、犯罪者は一つの罪を自供すると、余罪も明らかにするものである。罪の意識に駆られて、おのれの犯した罪の総懺悔《そうざんげ》をして心の中を洗い流したいという心理になる。

だが、田所は安田殺しを頑強に否認した。しかし十月十一日のアリバイのないことは、彼の状況を非常に黒いものにしていた。捜査本部は、田所クロの心証を得た。しかし、彼はなぜ、奥山千秋殺害を自供をして、家畜商殺しについて抵抗しているのか？　そこになにかの理由があるはずであった。

「紫波町に田所のアシがあれば落とせる。アシを探せ」

瀬尾刑事部長の下知《げじ》の下に、改めて紫波町、花巻、北上、盛岡の交通業者に聞き込みが行なわれた。しかし、田所はまるで天から舞い下りでもしたかのように、その足跡は残っていなかった。「天」という言葉から、空路の可能性も考えられて、その方面も当たられた。しかし、飛行機となると便数も少なく、足跡を残しやすい。そして空から来たセンも打ち消された。

残るセンはヒッチハイク、あるいは仙台、盛岡まで列車の自由席で来て、途中から車との併用という手があるが、これだと調べようがなかった。

なお、田所は運転免許証も車ももっていないから、自ら車を操って来た可能性はうすいと見られた。

「もう一度現場を当たろう」

あらゆる可能性を封じられて、結局、捜査の振り出しへ戻っていった。志賀理和気神社の境内には樹齢百年から二百年以上になる杉や銀杏《いちょう》の古木が亭々《ていてい》としてそびえ、昼も暗い。森を奥へ進めば、そのまま北上川の川原につづく。その一角に死体を放置した〝水屋敷〟もある。神聖なる境内であるが、また殺人の舞台としても絶好である。

中央に社殿、左手に社務所や神官の住居、右手が森で、いわゆるお化け杉の下が犯行現場である。以前は子供の遊び場になっていたらしく古いブランコが乗る者もなく残っている。吊《つ》り鎖《ぐさり》が赤く錆びて、台の板も腐りかけていた。

しかし、数十人の捜査のベテランのローラー検索をうけた後、しかもだいぶ日数が経過してから、犯人の足跡が残っているはずがなかった。

「犯人は、ここさ安田ば呼び出すた」

村長はふとつぶやいた。

「どんたにして呼びだすたんだべ？」

「細君が電話がかかってきて、出て行ったといってましたが」

佐竹が村長の独り言のようなつぶやきを耳にとめて答えた。

「電話が」

村長がじっと目を据えた。話し声が絶えると、北上川のせせらぎが耳につく。梢《こずえ》を風が吹き渡っていく。

「町中の公衆電話を使ったんでしょうか」

「指紋は取れねが」

「指紋ですか、あれからもうだいぶ時が経っていますからね」

「無理だべなあ」

　毎日、大勢の人間が使用する公衆電話に二カ月以上も前の一個の指紋が残っている可能性はまずない。それに、町内の電話を使ったとはかぎらないのである。

　村長は、せっかくのおもいつきを打ち消されて、少しがっくりしたように古いブランコの方へ歩み寄った。そして板の上の埃を軽く手で払うと、腰掛け代りにその上に腰を下ろした。吊り鎖をつかんでわずかに振る。ギイッと鎖のこすれる音がした。佐竹は村長の幼稚っぽいしぐさに無関心な視線を送っていた。またギイッと鎖がこすれた。佐竹の目が急に光った。彼の記憶がその音によって刺戟をうけた。

「係長」

「何だな?」

「犯人と安田はここで待ち合わせたのですね」

「そうだよ」

「どちらが先に来たでしょうか」

「それは犯人が呼び出すたんだから、犯人が先さ来て待っていだべね、相手を殺すつもりだがら、地の利もつかんでいなげりゃならね」

「もし犯人が先に来て待っていたとしたら、いまキャップがしているようにブランコに乗ったかもしれませんね、腰掛けの代りに」

「このブランコにが」

村長は改めて自分の乗っているブランコに目を向けた。たしか当夜、近所の家でだれかがブランコに乗っているような音を聞いていたはずであった。

「ブランコに乗るためには、吊り鎖をつかまなければならない。そうすれば……」

「そうが！　吊り鎖に指紋が残っているがもすれねな」

村長は慌てて鎖から手を放した。直ちにブランコから指紋の顕出が行なわれた。そして、その鎖から田所の両手のほぼ完全な指紋および掌紋が採取された。古いブランコで使用禁止になっていたので、他の指紋と重なり合うことがなかった。

「キャップは案外座高が高いんですな」

佐竹は目指す指紋が採取された後にいった。

「どうして？」

「田所の指紋よりもはるか上の方に係長の指紋があったじゃないですか」

「とんだところで胴長がバレだな」

二人は声を合わせて笑った。彼らはついに田所のアシをつかんだ。うむをいわせぬ証拠を突きつけられて、今度は田所も観念した。田所は安田殺しを次のように自供した。

「安田圭造を殺したのは、私です。指摘のとおり、牛トラの中に重大な証拠を残してしまったのです。気がついたのは、車を下りてからだいぶ経ってからでした。そのときは県境の近くに行っていたのですが、もしかすると沼沢運転手がまだ南部藩にいるかもしれないとわらにもすがるようなおもいで国道沿いに引き返してみたのですが、もう牛トラは出発した後でした。きっと裏道を伝って歩いている間に追い越されてしまったのでしょう。南部藩に直接聞くわけにはいきませんでした。後日、ニュースで牛トラが襲われたと聞いたときは、もうだめだとおもいました。でもいっこうに牛トラのセンから私を探している気配がないので、もしかしたら、〝山賊〟がもっていったのではないかとおもい、山賊が牛を売ろうとした安田に近づいたのです。安田は盗んだ牛の密売をするくらいですから、したたか者でした。牛トラに置き忘れた証拠は、やはり安田の手に落ちていました。彼はそれを牛トラの運転台のステップから拾ったそうです。きっと三戸で下りたときそこへ落としたのが、ドアにでもはさまっていたのでしょう。安田一人が秘かに愉しんでいた〝置き去り物件〟の所有者として私が出ていったものですから、罠《わな》の真ん中に獲物が飛び込んだ形になりました。

安田は、私の置き去り物件から、奥山千秋を殺した犯人が私であることを悟って、凄じい恐喝を加えてきたのです。物件をめぐって、安田との間に何度も秘密の交渉がもたれました。この間が、私が南里荘から出ていた期間でした。

安田も警察から監視されていたので、交渉はほとんど電話で行ないましたが、安田が指定した牛市で、牛の取引きを装って何度か会いました。

このままでは、死ぬまでしゃぶられるとおもった私は、とうとう十月十一日の夜十一時ごろ要求に従うと偽り、紫波町の志賀理和気神社の境内に、安田をおびき出して、隠しもっていった鉈で隙を狙って襲いかかり、殺してしまいました。殺した後、死体を近くにあった無人のあばら屋に運び込んだのです」

――被害者の財布の中身を奪ったのも、おまえか――

「死体の懐中を探ったところ、五万円ほど入った財布があったので、中身だけ抜き取りました」

――財布やカメラには指紋がついていないが――

「安田が来るのを待っている間、なにげなくブランコに乗り、手が汚れたので慌てて手袋をはめたのです。まさかブランコに指紋を残したとはおもいませんでした」

――犯行後、どうしたか――

「那須《なす》で何日か遊んで、金が心細くなってきたので、南里荘へ舞い戻って来たところを刑事さんに捕まったのです」

――奥山千秋さんを殺したことを自供したとき、なぜ安田圭造を殺したことを黙秘していたのか――

「それを白状すると、千秋の名誉に関わるからです」

――それはどういうことか――

「実は、千秋と私は秘密セックスショウのコンビだったのです。ところが、私が伊豆の温泉芸者と浮気をして悪い病気をもらったために、病気が治るまで演技ができなくなりました。写真はなんとかごまかせても、実演では目の肥えた客をだませません。写真もカラーだと、肌の色などから病気がバレてしまいます。たとえ客にバレなくとも、この業界で病気もちとわかると敬遠されます。私と千秋はイキの合ったコンビでした。客やカメラの目を意識せずに演技に没入できるようなパートナーは、なかなか得られるものではありません。二人がいっしょにいてはなかなか病気が治らないので、やむを得ずそれが根治するまで別居したのです。それがとんでもないまちがいの原因《もと》でした。千秋は私の許から逃げ出してしまったのです。私のような商売の者には、パートナーは女房以上のものなんです。もちろん肉体的にも合わなければいけませんし、客の目を意識しながら意識せず、それこそ、一呼吸、髪の毛一本の動きにも敏感に反応するようにならないと、プロの演技はできません。これまでに仕込むには、長い歳月の訓練と本人の素質が要るのです。その意味で、セックスショウの女のパートナーは、鷹匠《たかじょう》の鷹のように大切です。鷹が死んだら、鷹匠をやっていけないのと同じように、千秋を失ったら、私は商売道具を取られたようなものです。あれだけのパートナーはもう二度と得られないでしょう」

――牛トラに置き忘れた致命的な証拠とは何か――

「千秋と私の演技中の写真です。千秋が帰らないと言い張ったときには、それを夫に見せると脅迫して連れ帰るために一枚もっていったのです。それを使う前にカッとなって殺してしまいました。ポケットの中に入れておいたのが、なにかのはずみにトラックのステップに落ちてしまったのでしょう」

――写真を手に入れた安田圭造は、それをタネにして何を要求したのか――

「写真を返してもらいたかったら、安田がなじみの芸者を連れて来るから、安田の目の前で演技してみせろと言ったのです。彼は例の写真を返す代りに、芸者と私の演技写真を撮りたいといいました。私を恐喝しても、金目のものは出ないと見た安田は、そんな途方もない要求を出してきたのです。もしいうとおりにしなければ、写真を警察に提出する、そうすれば、千秋を殺した罪だけでなく、牛トラ運転手を殺した罪まで引っかかるだろうと、まさに私の恐れていたことを指摘しました。山賊に襲われて運転手が殺された牛トラの中から千秋と私の演技写真が出てきたのでは救いようがありません。しかもその牛トラは野辺地を通って来ている。私はなんとしても写真を取戻さなければならないとおもいました。たとえ安田が写真をだれかに見せていたとしても、それさえ取返してしまえば証拠は残らないと考えたのです。

私は知らない女とでは演技できないから、女は自分のほうから連れていくと偽って、あの夜、志賀理和気神社へ安田をおびき出したのです。これは安田一人のために演じる特別ショウだから、だれも連れて来てはいけない、他人《ひと》にも話してはいけないと釘《くぎ》を刺しておくと、安田は、ショウを見たい一心でいわれたとおりにしました」

——女がいないのを怪しまなかったか——

「演技は廃屋の中でやる、女もそこで待っているといいました。演技をする前に写真を返してくれと要求すると、安田はポケットの中から写真を出して、自分の満足するような演技を見せてくれたら返してやるといいました。素直に返してくれたら、殺さなくてもいいと考えていたのですが、これはどうしても殺さなければならないと、そのとき殺意をかためました。どんなカメラをもってきたのかと質ねて、安田の注意がそちらへ向いた一瞬の隙をとらえて殺しました。殺した後、写真を取戻し、死体を廃屋の中へ運び込んだことは、すでにお話ししました」

——現場への往復はどのようにしたのか——

「盛岡まで列車で往復し、そこからレンタサイクルを使いました。調べれば十月十二日の朝、盛岡駅前に放置されてあったレンタサイクルが一台あったはずです。盛岡と紫波町の間は十七キロで自転車で四十五分でした。自転車のほうが交通渋滞も検問にも引っかかるおそれがありません」

田所尚和は、奥山千秋殺害を自供したときとは別人のように殊勝な態度ですべてを申し述べた。犯した罪のせめてもの償いとして千秋の前身を隠していたらしい田所は、すべてを吐き出して、むしろさばさばした様子であった。

田所は安田圭造殺害の罪で改めて起訴され、関連事件として青森地裁に審判を併合された。

ここに青森、岩手、宮城の三県にまたがったアパート若妻、牛トラック運転手、家畜商殺害事件はすべて完全に解決したのである。年の瀬も押しつまった十二月二十二日であった。

忌まわしき愛の形見

1

田所が追起訴された二日後のクリスマスイヴに、札幌市北区のはずれにある団地に一人の男が訪ねて来た。彼は一つの所書きを頼りに規格性比類ない団地の中をあちこち探しまわったあげく、ようやく目指す家を訪ねあてた。その家の戸口には「沼沢」と書かれてあった。よく見ると、その表札は家族全員の名前が記入できるようになっている金属製のプレートで、戸主の欄が消されて、その次の欄の妻の名前ではじまっている。そしてその隣りに子供の名前が一人書き添えられただけで終っている。

たった二行しか埋まっていない表札の欄、まだ七、八名は記入できる空欄の白さが、この家の家族構成のさびしさを物語っていた。

団地の窓には暖かそうな明かりが灯《とも》り、一日の仕事から帰って来た夫や父を迎えて楽しい一家の団欒のはじまる時間帯であった。美味そうな煮物や焼き物のにおいが団地全体に瀰漫《びまん》している。

　訪問者は沼沢家の表札を確かめると、一拍おいてからブザーを押した。間もなく家の中に人の動く気配が起きて、ドアがうすめに開かれた。

「岩手県警察大船渡署の青柳と申します。この度、沼沢さんの亡くなられた事件の捜査を担当した者です」

　と名乗ると、ドアの内側に小さな嘆声があって、

「どうぞお入り下さい」

　という声がつづいた。

「いえ、時間も遅いので。玄関口で失礼させていただきます。実は本日うかがいましたのは、捜査の資料として長い間お借りしておりましたご主人の遺品をお返しに上がったのです」

　青柳はドアの隙間から手をさし入れるようにして、沼沢未亡人の手へ例の八幡馬の馬玩を渡した。

「ああこれは太一が主人にお守りとして……」

　未亡人が言葉半ばに声をのんだ。

「そうです。押収品目録交付書の中に記入してあったとおもいますが、これだけは直接お返ししたいとおもいまして、もってまいりました。このお守りのおかげで犯人が挙げ

られたようなものです。どうも有難うございました」

「あのどうぞ、むさくるしい所ですが、ちょっとお入りになって」

「これから回らなければならない所もありますので、これで失礼いたします」

「でも、それではあんまり……」

　未亡人がいいかけたとき、奥の方から、

「母さん、だれか来たの？」

　と問う子供の声が聞こえた。その声の主が、いま返した馬玩の本来の持ち主であろう。未亡人の注意がちょっと子供の方に取られた一瞬の機をとらえて、青柳は、自分からドアを閉めた。棟の外へ出ると、ちょうどバスが着いたのか停留所から一団の人群が団地の八方へ向かって散りはじめている。その中に、いま青柳が訪れた家の主は決していない。これからもいないだろう。あの馬玩を返すときを夢にまで見た青柳であったが、たったいまその時間を踏みしめて来ながら、彼の胸《むな》には白々《しらじら》とした虚しさだけが吹き抜けていた。

　馬玩は返せても、あの一家に夫と父を取戻してやることはできない。世界に誇る日本の警察力をもってしても、小市民の奪われたささやかな幸福のなんの補償もしてやれないのである。あの戸主の名を消された家族名表示板の寂しさが警察の力の限界をしめすものであった。

「おびただしい苦労の末に、おれはあの戸主を消された表札の余白の広さを見に来たようなもんだな」

青柳は独りごちて、北国の冬の寒さを乗せた風に向かって歩きだした。

2

同じころ、奥山省一は八戸市内の病院で、医師から忌まわしい病名の宣告をうけていた。

最近、身体が疲れやすく、頭痛や悪寒をおぼえるので精密検査をしてもらったのである。医師は奥山の顔と検査結果の記入されてあるカルテを見比べながらきわめて深刻な表情でいった。

「なぜもっと早く来なかったのですか、梅毒の第二期に入っていますよ」

「バイドク？」

奥山には、医師の言葉が最初理解できなかった。自分にはまったく無縁と考えていた病名をいきなり告げられても、すぐには信じられないのである。

「あなたの体の漿液《しょうえき》から梅毒の病原体スピロヘータ・パリダが検出されています。もうそんな検査をする必要もないほどに症状が現われている。ハムを切ったような発疹《ほっしん》が横腹に出ています。もう少しすると、顔や首、背中、腹など全身に広がります。スピロヘータがうようよしているから、絶対に性交をしてはいけません。直ちに駆梅《くばい》療法に入らないと、とんでもないことになる」

「先生、私には感染するおぼえがまったくないのです」

奥山は、ようやく最初のショックから立ち直って反問した。

「おぼえがないといっても、現実に症状が現われているし、病原体も証明されている。無辜《むこ》梅毒といって、本人におぼえがないうちに患者の体や衣服、食器などに接触してうつる場合もありますが、現実には少ないのです。これまでになる間、いろいろと症状もあったはずです。当然奥さんにも感染しているでしょう。直ちに連れて来てください」

「妻は……」

といいかけて、奥山は、愕然とした。彼がこの二、三年の間に接した女性は、妻だけだったのである。

「まさか……」

と口の中でうめいた。

「どうかしましたか」

宙に目の焦点を放散させた奥山に、医師が心配そうにたずねた。突然、忌まわしい病名を宣告されて、患者の精神状態がおかしくなったのかとおもったらしい。

「先生、第二期というと、感染後どのくらい経っているのでしょうか？」

「あなたの症状の場合、十二週間ないし十六週間というところですね、まああまりくよくよせずにいまから治療に入れば根治します。この治療は夫婦いっしょにやらなければ意味がないから、早く奥さんを連れていらっしゃい」

十二〜十六週間か、合っている——と奥山は、胸の中でつぶやいた。それは、彼が妻と結婚した時期にほぼ符合しているのである。性的交渉はもう少し早くもったが、感染が遅れたのであろう。

それにしても、一目で愛し合い、自分のために生まれてきた女と信じて結婚した妻が、恐るべきそして忌まわしい病毒の保有者だったとは！　信じられない。いや信じたくない。しかし、感染源は妻以外に考えられないのである。

「いまあなたは、最も病気をうつしやすいときだ。お子さんがいたら、接触をしないようにして、衣服、食器などを分けたほうがよい。できれば親戚か知り合いの家に症状が消えるまで預けることですね」

奥山は、医師の言葉を聞いていなかった。彼は、もはやおのれの愛の形見として背負い込んだ忌まわしい病気の伝染から守るべき家族をもっていなかったのである。

家族だけでなく、奥山は人生のいっさいを喪失していた。彼は魂を失った者のように立ち上がった。これから帰って行く先に妻は待っていない。彼は仕事からの帰途、遠方の闇の中に暖かそうにまたたくわが家の灯を見るのが好きだった。

しかし、あの窓にはもう彼を迎えるための灯はともっていない。これからもともされないだろう。

「あの燈が、鬼を誘ったんだ」

奥山のうつろなつぶやきを北の風がさらっていった。

解　説

池上冬樹

いきなりだが、この作品に関しては、作者の解説があるので、まずは森村誠一公式サイトから引用しよう。

「オール讀物」から短期集中連載の依頼がきた。前編・後編で400枚、私は前編200枚を書き上げて提稿した。数日後、当時の安藤満編集長（後に社長）が私の原稿を持って、突然訪ねて来た。以前、「オール」からは何回も原稿を突き返された苦い経験があった。私はたぶん原稿が気に入らなくて返却に来られたのだろうと覚悟を決めた。

安藤氏は私の顔を見ると、おもむろに原稿を差し出して、「大変面白い。話半分でつづきでは精神衛生上よろしくないので、後半を書き上げてもらって、一挙掲載したい」と申し出た。私は仰天した。喜ぶと同時に困惑した。ぎりぎりの締め切り日まで数日を残すのみである。だが、安藤氏の期待とせっかくのチャンスをつぶすわけにはいかない。私は後半約200枚を数日で書き上げ、『誘鬼燈』400枚が一挙に掲載された。編集者と作家の火花を散らすようなやりとりが実った作品である。(著者解説　2002年9月5日)

まさに「編集者と作家の火花を散らすようなやりとりが実った作品」だろう。よりよき成果を求めて、作家と編集者が火花を散らすことが普通に行われていた時代とはいえ、編集長の「期待とせっかくのチャンスをつぶすわけにはいかない」からといって、数日間に後半二百枚を書き上げるというのはなかなか出来るものではない。でもかつての作家たちは自分を追い込んだ。期待に沿えるものを書き続けて、人気作家となっていった。

いや、すでに森村誠一は当時人気作家だった。本書『誘鬼燈』は一九七六年四月に文藝春秋から刊行されたが、森村誠一は一九六九年にホテルを舞台にした本格ミステリー『高層の死角』で第十五回江戸川乱歩賞を受賞し、翌年一九七〇年の『新幹線殺人事件』が六十万部のヒットとなり、『東京空港殺人事件』『密閉山脈』『超高層ホテル殺人事件』『日本アルプス殺人事件』とスマッシュヒットを連発して、一九七三年『腐蝕の構造』で第二十六回日本推理作家協会賞を受賞している。一年間に数冊刊行する人気作家となり、一九七六年一月に棟居《むねすえ》刑事シリーズの第一作となる『人間の証明』が刊行され、国民的作家になった。本書『誘鬼燈』は『人間の証明』の三カ月後の刊行であり、書誌にあたると『誘鬼燈』は「オール讀物」の一九七六年一月号と二月号に掲載された

ので、時期的には『人間の証明』を書き下ろした後の作品と考えていいだろう。

文藝春秋からカッパ・ノベルスに移り、そのあと文春文庫→角川文庫→飛天文庫→ケイブンシャ文庫→徳間文庫ときている。つまり今回六次文庫となるが、それだけ森村作品のなかでも人気作品なのだろう。

物語は、青森の下北半島の基部の町で新婚生活を送る奥山千秋が夫の帰りを待つ場面から始まる。結婚してまだ一カ月。千秋には人にいえない過去があったが、夫は過去を問わなかった。それが嬉《うれ》しかったが、しかし過去はまがまがしい形となって忍び寄る。昔の男があらわれ、拒否したことで刺殺されてしまうのだ。

数時間後、岩手県北部の国道4号線で、十一トン積みの家畜運搬車が襲われる事件が起き、運転手は気仙沼で死体となって発見される。捜査本部が開設されて本格的な捜査が始まったものの、犯人に結びつく遺留品は何も見つからなかった。

青森で起きた主婦殺しと、気仙沼で死体で発見されたトラック運転手の殺害事件。二つの事件の発生は偶然なのか、それとも関連があるのか。関連があるとしたら、その接点とは何なのか。刑事たちの必死の捜査活動が続く。

いやあ、読ませる。徹底した捜査活動のみが描かれているのだ。二つの事件捜査が並行して行われていくのだが、余計なものは何も挿入されず、刑事たちの精力的な捜査活動のみがたんたんと、でも力強く描かれていく。

この小説を読んで思い出したのは、ヒラリー・ウォーの警察小説の名作『失踪当時の服装は』（一九五二年）だった。数年前に創元推理文庫から新訳で出たときに、宮部みゆきの「『捜査小説とはこういうものだ』というお手本のような傑作」という賛辞がついたけれど、まさに警察捜査小説のお手本のような小説である。いま読んで驚くのは、徹頭徹尾、事件の捜査活動しか書かれていないことだろう。

警察小説には、厳密にいうと警察捜査小説と警官小説の二つがある。前者は文字通り刑事たちの捜査活動を綿密に描いたものであり、後者は捜査活動よりも警官個人の私生活やドラマを捉えた作品となる。画然とわけられる作品もあるが、たいていはどちらの要素も含んだ小説がほとんどだろう。つまり捜査活動を緻密に描きながらも、刑事の一人を主人公にして私生活をのぞかせる。その私生活の要素は割合としては少ないことが多いけれど、しかしエド・マクベインは一九五六年に上梓《じょうし》した八七分署シリーズの第一作『警官嫌い』で、事件捜査と刑事たちの私生活を同じ程度に描いて人気を博し、二〇〇五年に亡くなるまでシリーズは五十六作を数えた。世界中で翻訳されて、警察捜査小説の型を作ったといっていいだろう。アメリカのテレビ・ドラマの歴史の中で警察ドラマの名作といわれる『ヒルストリート・ブルース』（一九八一～八七年）も明らかに八七分署シリーズの強い影響下にあった。日本の刑事ドラマ『太陽にほえろ！』（一九七二～八六年）などもそうだが、警察署を舞台にした刑事たちの群像を描くスタイルはエド・マクベインが八七分署もので確立したといっていい。

だから、逆に刑事たちの私生活がまったく出てこない警察小説を読むと新鮮な気分になる。日本の社会派ミステリはもともと刑事たちの私生活に関心が薄く、警察小説というよりも本格ミステリ的な印象が強い。本格ミステリの古典、たとえばF・W・クロフツの『樽《たる》』（一九二〇年）を想像していただくとわかるのだが、刑事を主人公にして捜査活動を紹介しながらも刑事は名探偵的に謎を解きあかす。例外は、一九六八年にスタートした藤原審爾《しんじ》による新宿警察シリーズ（第一作『新宿警察』）だろう。複数の刑事たちの行動を並行的に描くスタイルはまさにエド・マクベインの八七分署シリーズ的だ。

森村誠一の棟居刑事ものなどは警察小説と本格ものの融合であるけれど、棟居刑事の出てこない本書は（ただし本書に出てくる村長警部は、東北を舞台にした『野性の証明』〈一九七七年〉にも出てくる）、純粋に警察捜査小説といえる。しかもヒラリー・ウォーを彷彿《ほうふつ》とさせるような徹頭徹尾、捜査だけという節制のきいた仕上がりなのだ。たぐいまれなプロットを得意とする森村誠一にしかできない技といっていいだろう。どうしたってキャラクターを作り、私生活を描き、そのような部分で読者の心を摑《つか》んだほうが楽なのに、森村誠一はひたすら禁欲して、事件捜査だけで読者を引っ張っていく。これがもう見事である。正直言って、二つの事件をどのように関連づけるのか、無理なのではないか、ばらばらで終わるのではないかと思ってしまうのだが（本当になかなか二つがつながらないからだ）、運搬車のタコメーターの変則的な停車時間をはじめとする装置を武器にして、殺人事件の接点を見いだしていくあたり、名探偵的な要素もあり、感服する。

さきほども紹介したが、本書『誘鬼燈』は六次文庫である。版元を変えながらも六回も文庫化されているのは、一気読みの面白さがあり、事件捜査のダイナミズムが横溢《おういつ》しているからである。ぜひ、そのたまらないダイナミズムを体感してほしいと思う。

（いけがみ・ふゆき　文芸評論家）

本書は、二〇〇〇年、徳間文庫として刊行されました。

単行本　一九七六年刊

※作品の世界観や発表された時代性を重視し、執筆当時のままとしています。この作品はフィクションであり、実在の個人・団体・事件などとは一切関係ありません。

JASRAC　出2002723-002

図版　テラエンジン

森村誠一の本

勇者の証明

昭和二十年戦時下。渋江ら同級生四人はドイツ人少女を長崎まで送り届けてほしいと頼まれる。勇気を出して千キロ以上の冒険に挑んだ少年達の運命。森村版『スタンド・バイ・ミー』。

復讐の花期
君に白い羽根を返せ

新婚旅行で妻が暴力団にレイプされた。妻に卑怯者と言われた男は、病で余命半年と知り復讐に立ち上がる。平凡な会社員が人生のけじめとして命がけの闘いに挑む。長編ミステリー。

集英社文庫

森村誠一の本

凍土の狩人

浪人中の息子の性処理の為、病院院長夫妻は女性を誘拐したが誤って殺害。隠蔽画策中、なぜか死体が消え……。性、金銭、名誉。現代の満たされない者達の欲望を描く都会ミステリー。

悪の戴冠式

タクシーの忘れ物二千万円を、次に乗車した男たちが奪い運転手を殺害！　落とし主のＯＬも謎の転落死を遂げげた。彼女の保険金査定を担当した査定員が不審を抱き……。長編推理。

集英社文庫

誘鬼燈《ゆうきとう》

2020年 4 月25日　第 1 刷
2020年12月21日　第 2 刷

定価はカバーに表示してあります。

著　者　森村誠一《もりむらせいいち》

発行者　徳永　真

発行所　株式会社 集英社
東京都千代田区一ツ橋2-5-10　〒101-8050
電話　【編集部】03-3230-6095
【読者係】03-3230-6080
【販売部】03-3230-6393(書店専用)

印　刷　中央精版印刷株式会社　株式会社美松堂

製　本　中央精版印刷株式会社

フォーマットデザイン　アリヤマデザインストア　　マークデザイン　居山浩二

ISBN978-4-08-744100-0 C0193